西南大学教育学部
现代教育文库

无名堂散文

张诗亚 著

人民出版社

图书在版编目（CIP）数据

无名堂散文 / 张诗亚 著. 一北京：人民出版社，2018

ISBN 978-7-01-020013-2

Ⅰ.①无… Ⅱ.①张… Ⅲ.①散文集－中国－当代 Ⅳ.①I267

中国版本图书馆CIP数据核字（2018）第257814号

无名堂散文
WUMINGTANG SANWEN
著　　者：张诗亚
责任编辑：阮宏波　韩 悦
出版发行：人民出版社
地　　址：北京市东城区隆福寺街99号
邮政编码：100706
印　　刷：廊坊市海涛印刷有限公司
版　　次：2019年4月　第1版
印　　次：2019年4月　河北第1次印刷
开　　本：710毫米×1000毫米　1/16
印　　张：15.25
字　　数：150千字
书　　号：ISBN 978-7-01-020013-2
定　　价：60.00元
销售中心：(010) 65250042 65289539

目　录

山野考察篇

相思树下

雁山园中有乔木，皮绿分叉，生墙角，欣欣然，秀顾挺拔。号相思树，三年一开花，花谢结荚，荚老熟后内有实，曰"红豆"。此树又名"花榈木"，坊间呼之为"花梨木"，可做名贵家具。此红豆为：豆科蝶形花亚科乔木之种实，非裸子植物紫杉科红豆杉之籽。前者结荚，属豆科；后者本紫杉科，偏名"红豆杉"，有个"豆"字夹于其中，故使常人极易糊涂，弄不清红豆树究竟为何物，红豆到底结于何树。这其间差异唯植物学家知晓，常人则不知其详，俱将其呼为"红豆"，都以之为"相思子"。

此地因之得名"红豆小馆"。可见其名为寻常文人所命，与植物学家无涉。

红豆为世人所重，单就其名，先有浪漫之气袭来，神，且为之往。继而，红豆之色嫣然，殷殷可人，其艳，其鲜，其润，其彩，目，顿为之陷。接踵，耳畔悠然飘来，王摩诘之吟："红豆生南国，春来发几枝？愿君多采撷，此物最相思。"

山野考察篇

其韵，其境，其意，其味，魂，尽为之萦。

一首王维之《相思》诗，则使红豆以"相思子"，或"相思豆"天下名扬，尽入无数情种之慕怀，以之定情，相思，歆羡，向慕，以致互通款曲。此豆，人人所欲，以为两情相悦之意象。故有人缘，孚众望，与月老，红线同义，可谓俗物。然此物又为文人高士，才子佳人所吟，所颂，且又寓意去国怀乡之故国，故登雅室，入芳斋，堪称雅品。故而，一粒小小之红豆，可谓俗雅得兼也。

细考，此物与相思捆绑，其实早在先秦。据考，南朝时，梁之任昉于《述异记》中记曰："昔战国时，魏国苦秦之难，有以民从征戍秦，久不返，妻思而卒。既葬，塚上生木，枝叶皆向所在而倾，因谓之相思木。"夫抗强嬴，久征不归。妻病苦恋，哀怨而亡。塚上生木，其叶居然，尽倾其夫去向。常言"人非草木，岂能无情？"谁料此木偏能知人，交心，寄情，通灵，方为"相思木"也。如此凄婉动人之传说，堪称赋予"相思"本体之文本。而此传说之所以不甚流传，盖因王维之《相思》诗，流布太广，影响深远，其意太美，其辉太艳，故掩其质也。

其实，以相思木，或相思豆来喻情爱，也早在唐季以前。比如，梁武帝便著有《欢闻歌》："南有相思木，合影复同心。"

20世纪90年代初，与小琴、迪儿初到版纳，记得在橄榄坝集市，见傣家妇女将小红豆串成项链，点点殷红，豆嘴带一绺黑丝，组成环链，澜沧江风拂来，红黑轻摇，与阳光，与白云，与蓝天，与彩裙，与绿树相映，煞是好看。问及，答曰："孔雀豆"，"佛珠链"，云云。好一个"孔雀豆"，不步相思豆之老套，一股傣家清新迎面徐来；而"佛珠链"之谓，刹那贯通佛缘。致相思之情，油然一脉圣洁。可见，红豆之可人，可之广也。

此红豆树故事甚多，而最为园中管理者乐道者，则在民国大闻人胡适之轶事。胡适《南游杂忆》中记述其曾游雁山园，并为此红豆树写诗：

"我们从阳朔回桂林时，路上经过良丰的师范专科学校，我在那边讲演一次。其地原名雁山，也是一座石山，岩壑甚美。清咸丰、同治之间，桂林人唐岳买山筑墙，把整个雁山围在园里，名为雁山园。后来园归岑春煊，岑又转送给省政府，今称为西林公园，用作师专校址。"

师专曾在雁山园中办学，故胡适来时得游雁山园。师专早已搬走，而红豆小馆与院中红豆树仍在。树下立有胡适题红豆诗碑。其诗曰：

相思江上相思岩，

相思岩下相思洞，

三年结子不嫌迟，

一夜相思叫人瘦。

胡适之《南游杂忆》中专谈了其为红豆树写诗事，此事显然为其记忆之情趣所在，不仅其印象深，当记；而且，其得意之状亦溢于笔墨之间。且引之："校中诸君又引我们去看红豆树，树高约两丈余。教员沈君说，这株红豆树往往三年才结子一次。沈君藏有红豆，拿来遍赠我们几个同游的人。红豆大于檀香山的相思子约一倍，生在豆荚里，荚长约一寸半。

"游岩洞时，我问此岩何名，他们说，'向来没有岩名，胡先生何不为此岩取一个名字，作个纪念？'我笑说，'此去不远有条相思江，岩下又有相思红豆树，何不就叫他做相思岩。'他们都赞许这个名字。次日我在飞机上想起这个相思岩来，就戏仿前夜听得的山歌，作小诗寄题《相思岩》我题桂林良丰的'相思岩'山歌，已记在前面了，后来我的朋友寿生先生看见了这首山歌，他说它不合山歌的音节，不适宜于歌唱。他替我修改成这个样子：

相思江上相思岩，

相思豆地靠岩栽，

三年结子不嫌晚，

一夜相思也难挨。

"寿生先生生长贵州，能唱山歌，这一支我也听他唱过，确是哀婉好听。我谢谢他的好意。"

感谢归感谢，但胡适依然故我，碑上所刊之山歌，仍未改动。仅就寿先生所改之山歌论，至少有了韵。而就胡适所写之"山歌"论，实在不敢恭维。何以不叫好，其义有三：

其一，其所写题为《相思岩》之红豆诗，非格律诗。既非格律诗，故不以格律论，既论不得平仄，亦计不得音韵。其所比少了一大类。

其二，到广西民歌、山歌之乡，且"前夜听得的山歌"，故"戏仿"而"作小诗寄题《相思岩》"。"戏仿"本无可责难，但其仿得太不得感觉。山歌，民歌之乡土、草根味全然不见，只在顶针，为山歌而山歌，非小女子、山野民兴之所至，情之所发，自然流出，难怪寿先生也难忍其欲改之冲动，全不顾大文人脸上之难看。想来寿先生毕竟是改，总不致改得面目全非，这就难怪削足适履了。

其三，胡适之"戏仿"之"山歌"，便成了"画虎不成反类犬"：上，登不得雅室，下，入不得山野，故而，风不风，雅不雅。

而雁山园园方以胡适之山歌来炒作相思岩，实在有些尴尬。胡适者，大名人也。成就斐然。其余之长，未必"一俊遮百丑"。此公之擅长不在山野，其留洋归国，学在象牙塔之书斋。园方炒作，恰好炒了其短。责，虽不在胡公，但胡适之山歌着实算不得其得意之作，非其面子也。尤其是有王维之红豆诗在前。显然，胡适先生忘了当年李白登黄鹤楼之雅事。"眼前有景道不得，崔颢题诗在前头"。尤其王摩诘之红豆诗脍炙人口，流布极广。

"红豆生南国，春来发几枝？愿君多采撷，此物最相思。"而诗中之南国，当含广西。自秦始皇兼并天下，开灵渠，征岭南。桂林，那时为象郡，便为南国之首要。北人来此能得红豆，当为心仪之物。胡适先生安徽人，而出名在北大。来此见红豆，且比檀香山之相思子大一倍，自然稀罕。欲表达其喜好，本也自然。"相思岩"之名，尚说得过去，但其"山歌"实不敢恭维。

入住红豆小馆，最惹相思情。据说，当年陈寅恪先生亦曾住此。此园，一度的主人便是其妻之祖父唐景崧。住此园中，不可不知此红豆树。不过，陈公未弄什么山歌，而是在此撰就《柳如是别传》。而让陈寅恪先生动心写柳如是的，据陈先生自己说，仍缘于一粒红豆。见《咏红豆并序》：

昔岁旅居昆明，偶得常熟白茅港钱氏故园中，红豆一粒。因有笺释钱柳姻缘诗之意，迄今将二十年，始克属草。适发旧箧，此豆尚存。遂赋一诗咏之。并以略见笺释之旨趣，及所论之范围云耳。

东山葱岭意悠悠，
谁访甘陵第一流？
送客筵前花中酒，
迎春湖畔柳维舟。
纵回杨爱千金笑，

重媵归庄万古愁。

灰劫昆明红豆在，

相思廿载待今酬。

抗战时，陈先生避难南国，无意中竟得一粒红豆。说是，
来源于常熟钱牧斋之故宅。其时，陈先生正在云南西南联大任
教。贵州、云南两地，正是朱由榔避难之处，故随处得遇明末
清初之南明小朝廷之事迹。柳如是一代佳人，其色，其才，其
艺，尤其是其情，都不让须眉。且嫁与钱谦益，并矢志抗清。
其志坚毅，并深深影响钱谦益。陈先生撰此《别传》当是另
一种咏红豆也。从陈公所言，可见其对红豆之珍视。居然珍藏
了二十年之久。即便历经战乱颠沛，也未丢失！

早在避难云南之际，便由收藏此一粒红豆，播下了其欲写
柳如是的种子。历经二十年的酝酿，其晚年苦心孤诣之作
《柳如是别传》，终得收获。红豆属佳人，避难写国殇，此红
豆终得生发正果。

不仅陈寅恪能从红豆发端，留下大作，今人王世襄先生，
相对胡适，也高明得多，其钟情红豆，别具特色。

据说，1945 年抗战方胜，离乱后的王世襄从抗战陪都重
庆返回久违之北平，完成其人生之大事。将其亲制之一对内盛
红豆红木圆盒，送与曾在燕京大学就相识的教育系之情人袁荃
猷，以之为定情信物。

红豆为"相思豆""相思子"，人皆因王维诗而熟稔。才

山野考察篇

9

女袁荃猷焉得不知？何况早在燕京大学教育系时，袁欲编一个小学绘画的教材，用王先生自己的话说，"燕京没有搞美术的，她那个系主任就说：让王世襄当你的导师得了"。这样，一对有情人便结缘相识。王畅安先生送给袁荃猷定情之物是一对内盛红豆的红木圆盒，红木盒盖上再镶嵌火绘葫芦片，而那是他亲手绘制的。王老自己忆道："我做了一对盒子，是拿那葫芦片拉下来拼的，我拿红木旋了以后镶在那儿了，烫上花——烫花是专门的一种火绘。北京只有三人会火绘，我是其中之一。后来我父亲生日，我把这对盒送他了。等她一回来，我就跟父亲又要回来了。"

这份定情物真不寻常，乃天下独一份。

定情之物乃定自己与心仪之人两情相许之情。此情非现成，故现成之物不可取；此情乃无价，故金银宝玉之财货不可量；不现成，金钱不可量，故买不来，替代不了。而心又得物托，思又需形相，意又当信寄，情又籍永定，这便有讲究了。也得是王畅安这样杂家通才方行。

王维有诗在前，给其意境之扉启。然若用现成之红豆诗，可表其倾慕之心结，相思之情意，但人皆可为，全无个性，非独创，不是畅安风格，也就乏善可陈。王公之妙，妙在用与不用之间。用，送红豆，会让人，尤其让善解人意之多情才女顿时身心俱入红豆诗之意境，此为用，为之妙用；不用，则在未简单用其现成诗，而在用红木盒，盛红豆，再火绘葫芦片画，这就大大不同于简单之用了。记得庄子有言："人皆知有用之用，而莫知无用之用也"，王畅安可谓得其精髓。

其妙有四：红木盒，盛红豆，火绘葫芦画及葫芦。

其所以用红木，不仅因红木名贵，美观，较厚重，耐用，更因为红木者，照《广东新语·木语·海南文木》载："有曰相思木，似槐似铁梨，性甚耐土，大者斜锯之，有细花云，近皮数寸无之。有黄紫之分，亦曰㶉鶒木，……以文似也。"这种兼有"㶉鶒木"之名的相思木，王世襄先生则认为其为"老㶉鶒木"，而非现在自非洲进口之"新㶉鶒木"。这种类"㶉鶒木"的树木，吾国有二十六种之多，虽都叫红木，但细分是不同的。而"老㶉鶒木"，便是前文提及之豆科植物，又名"相思木"。因此，以"相思木"盛"相思豆"，方能得其所哉，名实匹配。且豆有木盛，谓之有本，本则根也，相思之豆可生生不息，如参天大树。个中深意恰可解之以袁荃猷所刻纸之《大树图》并为之所撰之文，以及王畅安先生为之所吟《大树图歌》。

王公歌中云："我年三十一，荃猷廿五馀，结缡五十载，鬓发皆萧疏。情趣多谐契，书画常自娱，同砚临禊帖，淡墨学倪迂。或展折股篁，君画我作书，或缅濠梁趣，题诗朱砂鱼。"歌中对有情人定情，结合，婚后相濡以沫，情投意合，写得生动，细腻。

继而，"典钗易古研，爱此唐桐枯，松风与梅月，一一入我庐。合弹平沙曲，鸿雁下寒芦，笑我指生涩，绰注每龃龉。老妻多巧思，事事我弗如：不谙运规矩，家具将无图；不工描彩绘，髹器谁能摹。"夫妻唱和，事业互补，可谓举案齐眉。

"兴来制剪纸，裁刻费工夫，物象融俗雅，格调前所无。我生度八秩，甲戌五月初，老妻以何寿，郮彼玉与珠。浏览古纹饰，取舍几踌躇。定稿始游刃，团圞树一株。片纸奚足贵，珍之如头颅，枝间与叶底，处处见真吾。为此托歌咏，与树同吸呼。歌成老妻喜，喜谓道不孤。婆娑欲起舞，相将至庭除，老舞不成步，老眼半模糊，人老情不老，呵呵笑相扶。"

从红豆定情，到成参天大木，这对有情人，以其一生一世之心心相印，曲款相通，其默契，其知音，其同声气，共呼吸，堪称绝代楷模。如此红豆之用与不用妙境，非王畅安袁荃猷这样完全脱俗，骨子里雅致之伉俪，莫能至也。

红木盛红豆之妙，其面上显见之意在于红豆相思，有用红豆诗典故之雅趣，而背后之深意则在，红豆者本为红木这种俊才良木之种子也。种子本就美轮美奂，充满诗情画意，但其生发更不可限量。小小一粒种子，可蕴含无限生机，或为参天大木，或为郁郁莽林。以喻两情相悦，不仅可生无限爱意，而且两相结合还可发无限风采。情爱，家庭，子嗣；创意，作为，成就，皆可从中"瓜瓞绵绵"也。

红木及红豆皆天然之物，但以红木作盒，则是人为之物。乃王畅安先生自作之物。且为一对，其君子好述之意显然。在袁荃猷所剪纸之大树中，靠大匏旁便有这对红木盒。袁荃猷对世襄所赠之定情物所珍视，可见一斑。作红木盒则非独门绝活。红木盒不是鲜见之物。而火绘葫芦则有讲究。据称当时之京城，仅三人有此绝艺。王公则无师自通，自学成才的。据袁荃猷先生记："世襄工火绘葫芦。当年他父亲买到一个大匏，对世襄说：'如烫画得好，就给你了'。他以一夜之力把金代武元直的赤壁图缩摩绘于上。图中所示即此大匏。另外一对红木小画盒，盒盖镶火绘葫芦，内盛红豆，是世襄1945年从重庆归来后赠我的定情之物。"可见，此火绘葫芦之重要，为夫妻两人格外看重，其意义非同一般。

最后得谈谈葫芦。中国神话中有世界从混沌创生之说，以葫芦为形，中而剖之，其形倒置，即为太极。其所谓天地剖判，阴阳分离也。其后，又有了"壶中日月长"之典。继而，派生了《诗经》中的"緜緜瓜瓞，民之初生"之句。在两情相悦中，便有了"合卺"之礼。按孔颖达之注疏，"合卺"便是将葫芦瓜剖，一分为二，是为二瓢。新郎新娘各执一瓢，相互敬酒，并用酒为对方漱口，其所象征之和合，则为"合卺"。合卺礼后又渐渐演变成了喝"交杯酒"。宋孟元老所撰《东京梦华录》中有载：宋时成大婚之际，"用两盏以彩连结之，互饮一盏，谓之交杯酒。"彩者，月老之红绳也；而互饮一盏，即从瓢瓠变来。故而，王畅安先生以葫芦为盖，覆于红木圆盒之上，其寓意便深含于此。

畅安之用红豆，将典之儒雅，诗之空灵，画之清新，工之神思，古今之妙趣，俱化为一体。这种上达诗画礼乐之高标，下采器物工巧之形动，可谓非学臻化境之通泰大师，如王世襄者莫属。不积诗词歌赋，经史子集之学养，不谙琴棋书画，鸟兽鱼虫之奥妙，何以能游刃于文思与物象，情彩与形动之间？学到此种境界，怎一个化字了得！实乃极具个性，耐玩味、品读、萦心、叹服。若红豆有史，王畅安之用红豆，可与王摩诘红豆诗为伍。

来此红豆小馆，立于相思木下，心安能不动？

张诗亚初稿于桂林壬辰秋，完稿于无名堂癸巳二月

马兰花之梦

一

从原子城出来，满脑的原子弹，氢弹研制的严酷，两弹爆炸的蘑菇云还未散去，车便到了金银滩。夏日的金银滩蓝天悠远，清风习习，黑牛白羊，遥衬逶迤雪山。忍不住的诱惑袭来，下车！到草滩去！松软的草，轻轻地踏踏；金阳的辉，洋洋地沐沐；清冽的风，爽爽地拂拂；香悠的气，深深地吸吸，惬意！

下车行得数丈，即被不远处一兜兜、一丛丛、一片片的幽蓝牵引。忙趋前近看：是马兰花！那清幽，精神，那新鲜，劲爽，实在当得起楚楚风姿，绰约清韵！细看，那蓝，不是纯蓝，也非天蓝，而是略带青紫的雪青色。与睡莲中的青莲相类。其花，瓣六分，柔而弯，曲线婉约，带几分妖冶，花瓣中几缕白丝间黄，呈散射状，引人遐想。其叶如剑，清癯挺拔，托举簇簇青紫花朵，活力四射。微微风摆，似弄风骚，格外

15

动人。

马兰花，名叫马蔺，俗名才叫马兰，属鸢尾科，故其学名叫鸢尾花，在分类上是百合纲，百合目。其品类有 400 余种。金银滩，大戈壁，青海湖畔，黄河两岸，马兰花随处可见，极为普通寻常。民间有传说，亦有民谣，据此，还编成童话片，流布极广。小时候儿童们都会边跳橡皮筋，边脆生生地唱："马兰开花二十一。"因已成俗，这里仍用马兰花之名。

在这著名的金银滩，马兰花则格外讲究。这里的马兰花有梦。这梦，属于藏族姑娘萨耶卓玛；这梦，属于青年音乐人王洛宾。

1941 年春天，郑君里先生率摄制组到了金银滩。时在西宁执教的王洛宾，有幸应邀参与其间。在青海湖畔摄制之际，郑君里请来了此地同曲乎千户之女，十七岁的藏族姑娘萨耶卓玛出镜。牧羊，乃藏族姑娘本分，扮演牧羊女，实在是浑然天成，本色流露而已。而王洛宾则是实实在在的扮演。穿上了藏袍，王洛宾成了萨耶卓玛家的佣工。朝出暮归，整整三天，音乐青年随同卓玛赶着羊群，在蓝天白云间，湖畔雪山下，诗人的气质，音乐家的多情，与藏族姑娘的野性、清纯、天真相遇了，这是天缘。当剧情安排这对青年男女同骑一匹马之初，王洛宾很不自然。腼腆，拘谨，无所措手足。坐在散发着青春活力的卓玛身后，可笑徒劳地想保持一点距离，用两手死死拽紧那点可怜的马鞍下沿，身姿还想往后倾。谁知，卓玛全不理会，猛然纵马疾驰，王洛宾一下本能地抱紧卓玛的腰。骏马狂奔，狂奔……那草原真大，那蓝天真宽……不知过了多久，马蹄缓了下来，不再撒野。卓玛不知什么时候，将身后倾，软软地依偎在音乐人的怀里。风也柔了、轻了、酥了……

黄昏，暮色中卓玛将羊群赶入圈栏，迎着夕阳，卓玛亭亭玉立，一任魔幻的霞辉拖着长长的身影……王洛宾痴了，看着浸染在霞光中的卓玛，完全忘了自己亦被斜晖映照，他觉得，仿佛，还在飞奔的骏马上，体验着结实温暖的卓玛的躯体起伏律动。暮色中，尽管卓玛看不到王洛宾燃烧的红脸，但她感到了，确切无误地感到了，他那火的眼神灼着她。静静地，她转身过去，拴牢圈栏木，不知是那脸的绯红，还是晚霞的嫣红，电光样的目光一闪，对着王洛宾，卓玛，任眼中窜出了火蛇，化着手中的牧羊鞭，高高举起，然而，倏忽却轻柔地，打在青年音乐人王洛宾的身上。然后，翩然返身而去。王洛宾傻了，呆了，刹那间也好似变成了木栅栏，久久地盯着暮色中渐行渐远的卓玛身影，机械地捂着，抚着被鞭子打过了手臂。卓玛俏皮，温柔，而又意味隽永的一鞭，抽出了一段永恒：

在那遥远的地方

在那遥远的地方有位好姑娘/人们走过她的帐篷都要留恋的张望/她那粉红的小脸好像红太阳/她那美丽动人的眼睛好像晚上明媚的月亮/我愿流浪在草原跟她去放羊/每天看着那粉红的小脸和那美丽金边的衣裳/我愿做一只小

歌声在金银滩传唱，在青海湖荡漾，在皑皑雪峰上跃动，在蓝天白云上放送。

从此，不仅年轻的王洛宾，而且，任何一个唱这首歌，不，甚至是听这首歌的人，都梦想那皮鞭，也轻轻地，轻轻地落在自己身上。

从此，这歌催生了西部歌声，而西部歌声响彻了世界，歌声中世界崛起了西部歌王。

金银滩上幽蓝的马兰花见证了这一切。不信，去看，草地上，河谷畔，青海湖岸，雪山脚下，那一朵朵，一丛丛，一片片的幽蓝，幽蓝。风一来便摇曳起来，似都着急要告诉你这一故事，便争先恐后乱了秩序，焦距不清了，模糊了，阳光下，便化成蓝色的雾，蓝色的风，蓝色的光，甚至蓝色的空气。

马兰花是有梦的，这梦是蓝色为主调的五彩梦。

二

"卓玛"，藏语"仙女"之意。冀望像仙女般美丽的藏家姑娘很多。我有个学生也叫卓玛。前些年毕业了，现任教青海民族大学。知我到西宁，高兴，定邀我作客她家。2014 年 6 月下旬的一天，夏日朗朗，清风习习，我们一行，到了青海海南州卓玛家。

自古，藏族多逐水草而居，以游牧为主。至今青藏高原藏民仍多游牧，只在海拔稍低的河谷、山地，有以种青稞为主的定居农耕。卓玛家原在果洛，靠游牧为生。现成为移民，搬到海南州贵德远郊的黄河边，以种地为生了。卓玛家的村子不大，几十户人家都是水库移民。村子也像内地北方的农村，四合小院，纵横交织，村子四四方方。除了村子边上的经塔，经幡，寺院外，单看房舍里巷，几乎看不出是藏族村落。沿公路两侧的草滩上，建了不少类似的村落，俱冠以"新农村"之美名！

但藏家毕竟是藏家！其文化的厚重不是仅改村落建筑外貌，就可变其内核。一进卓玛家，这样的感觉就油然而生。

质朴敦厚，豪爽真诚，热情好客，让你一接触藏民，就有强烈的感受。而卓玛家的人集中体现了这些特质。全家人候迎于院门，双手捧哈达，依次奉客，逐一问安。其姿躬而谦，其笑淳而灿，其语敦而柔，其氛谐而炽。

入其室则见佛龛，朵马供奉于迎面对门的墙下，佛龛下置藏柜，放置德格藏经院手工印制的经书。靠窗沿墙成"U"形摆放"卡垫"座，中间一张实实敦敦的藏桌。佛龛供佛，色金而沉着，肃穆；朵马装谷物，色乳而素雅，庄重。配以墙上挂的彩色四瑞图，组成了热烈而静穆的画面、卡垫丝质刺绣，内填软软的马兰干草。这种"冲丝卡垫"白天坐，晚上卧，为藏家钟爱；藏桌高近腰部，正方形，双门，对开，四腿上大下小。似兽腿，彩绘八样吉祥，配以四周回纹、呈典型藏式大红，色泽鲜艳。

无论佛龛、朵马，或卡垫、家具的纹饰，给人的整体印象是吉祥。而吉祥环拥中，透出主人家深深的信仰。看得出藏家保有和追求的做派，明显有别于流行当红的豪华、气派、洋气等等时髦。家里有无信仰，关乎家人心态沉稳与否，关乎家庭气氛祥和兴废。

"冲丝卡垫"内填的马兰草，能感觉到，却看不见。而门框上悬挂的两束马兰花，则在进门时就可看见。花显然挂了时日，已略显枯萎，干涩。但其略带芳辛的马兰花独特气味，还依然可嗅。一问，才知是端午节采来挂上的。主人答：年年端午，家家都挂马兰花。问其始于何时，答曰，搬来虽不久，但端午挂马兰花之俗早年间就有，说不清，久了。

内地有民谚："清明插柳，端午插艾。"故而，每到端午节，街市有农夫摆摊叫卖茵陈艾、苦藁、菖蒲、苍术、白芷等等。家家购之，扎成把，捆成束，或插，或挂于门框、门楣。讲究者还制成人形或虎形，称为艾人、艾虎。同时，洒扫庭院，大人饮雄黄酒，小孩额点雄黄印。其俗早自战国纪念屈原即兴。值此春夏换季，阴阳过渡之际，有激浊除腐、杀虫杀菌、防病防瘟之效。没想到，端午节挂艾的汉地习俗，居然移植到青海的藏家。

《本草述》：马兰花"味甘辛，气平温"，酸，微苦，性凉，可清热解毒。有"去白虫"之功效。故为"解诸毒药"。

马兰花又叫"旱蒲花"，与菖蒲相类。含挥发油，味辛而甘，其功可去白虫，清热解毒；其形又与菖蒲相似，在不产菖蒲的藏区以之为端午悬挂草，便可收驱虫杀菌解毒热之功效。故而，用不着号召，命令，学习，贯彻，便能随风潜入家家户户，年年端午一到，挂悬马兰花便蔚然成俗了。

所谓"新农村"村落布局的自上而下行政推行，虽能建成，但却为无根之木，难以生长，显得生硬，乃明显外加之物。农区尚可，而牧区劳民伤财建此类"新农村"，实在匪夷所思。游牧，游牧，逐水草是牛羊等牲口去找水，找草。将其集合在"新农村"，人可聚之，牲口尽管亦可聚之，但新鲜水草如何聚之？此类政绩工程，实在想当然耳。而端午挂马兰花虽亦来自汉地挂艾之俗，但却早已化为藏家之俗。一能化，一不能化，其故何在？

能化者，自发于民间，应天时顺季节变换，为民所需；不能化者，强推自官方，不顾天时地利，亦违人和，为官需而非民需。其理就像马兰花，之所以能处处生长，不畏戈壁大漠，酷暑严寒，在其内在适应力旺盛。是与其环境长期相互作用的结果，而非硬掐来此地。

借用句老话，这叫"得其所哉"，蓝蓝的马兰花可证。不信？去问那一片片幽蓝。马兰花是有道理的。

卓玛的家是普通的藏家，与他民族交往是亲和而自然的。他们的梦也是恬静而祥和的，就像风中阳光下摇曳的马兰花那样。

三

高原阳光映照着一丛、一丛、一片、一片蓝蓝的马兰花，草原蓝了，一阵清风摇曳，蓝，浪了，化成蓝波，汇成蓝光，与蓝天融为一体，蓝，远了。

这情景，寓意着马兰花不仅是野旷的，民间的，也是大雅的，殿堂的。马兰花有梦，不仅仅是中国人才有。

人类第一面高扬的自由、平等、博爱旗帜，是法兰西共和国的三色旗。三色者，蓝、白、红也。其寓意有二：一，白色代表国王，居中，喻国王地位神圣；红、蓝二色分列两边，代表巴黎市民；三色合象征法国王室与巴黎资产阶级结盟。二，法国大革命象征，三色分别代表自由、平等、博爱。

此外，法兰西国国花为鸢尾花。因鸢尾花属百合科，又被误读为百合花。鸢尾花便是马兰花，学名、俗称、汉名、藏名、洋名等等，各地叫法有异，所指称的植物，花，则是一种。而所谓"鸢尾花"或"马蔺花"实际上是鸢尾属，全世界约有300种，分布于北温带，欧、美、日等等均有。中国就有60余种、13变种及5变型，其分布主要在西南、西北、东北等地。因其种多，除蓝白红三色外，还有黄、紫、橙、黑等等颜色，如此形态颜色的多样，自然导致的称谓也就多了。法文写作 flour – de – luce，flour 即英文 flower；de，介词等同英文 of；luce 则源自拉丁文的 lucēre，意为英文 light，即"光明"也。故而此花在法语里的本意是"光明之花"。好一个"光明之花"！以蓝色的鸢尾花寓意"光明"，继而，"自由"，实在是法兰西人的浪漫！

蓝天，有日、月、星，有天光，乃最大、最便捷、最自然、最生态、最直接的光之源，取之不尽，用之不竭，从不要成本，从不要回报的光之源。而且，极为平等，公正，慷慨地向任何种族，任何人。从不问受施者出身、财产、性别、年龄等等。不仅人类，其他需要采光，或者光合的生命，无论动物、植物，无不沐浴天光。在此意义上，借中国的那句"普天之下，莫非王土"稍改一下，当为"普天之下，莫非光类"，便可一言以蔽之。

蓝天，深邃、辽阔、广袤、恒久，而自由是其根本属性。窃意为三色旗之蓝之所以表示自由之意，当取之于鸢尾花之蓝。法文鸢尾花的发音有"光明"之意，很自然让人产生联想。

不仅法国文化有此以蓝寓意天光，吾国文化此类意蕴也相当多。譬如"天光可见""苍天在上""朗朗乾坤""光照寰宇""光天化日""青天白日"等等，其所言说的都是以"苍"，以"青"来喻"蓝"，以"天光"，以"朗朗"，以"光天"等等来表"蓝天之光明"。

法兰西是个爱自由、爱花、爱艺术、爱美的民族。三色旗体现了自由，鸢尾花凝聚了爱花的浓情，而著名的传世作品油画《鸢尾花》（Irises），则集中展示了画家对艺术的热爱。

文森特·梵高，虽出生在荷兰，但其主要的艺术实践是在法国。酷爱自由的不仅仅是法兰西人，象征自由精神的鸢尾花为自由的灵魂所共同向往。这幅《鸢尾花》，是梵高辞世前一年（1889 年）的春夏之交，在法国 Saint – Rémy 的一间精神病院所作的。可以说，这位荷兰人，比法兰西人更能体悟到法兰西国花的神韵，以其卓尔不群的天才笔法，将其浪漫、奔放、妖冶、灵动表现得淋漓尽致。

看梵高的《鸢尾花》第一眼，你的身心就被攫取。颜色和画面的视觉冲击力极强。他那只支笔实在不寻常。怎么就用蓝色调表现出了热烈，灼烧。是的，灼烧。一种古怪的，蓝色的灼烧。那么刺眼，那么震撼，那么神异。像一群狂放、飞腾、翻跹，炫舞的蓝精灵。而在这蓝色的热烈、狂放中，你又感到一种深深的孤独。孤独的冥思，孤独的忧郁，孤独的自噬。

似乎在呐喊，在宣泄，在挣扎，在厮杀。梵高那生生不息、涌动不已、撕咬不歇，且又为世人不解的内心情感，在宣泄；梵高那不甘沉沦，不愿受制于虚弱的躯壳，不惧怕死亡而怕自己无穷尽的，且又面临被吞没危险的创作欲念，在挣扎；梵高那桀骜不驯，清高孤寂的灵魂，同死神，同世俗的惨烈撕咬，在厮杀。

那画面让你驻足，让你颤栗，让你刹那间忘记了自己。更糟糕的是这样的画让你看后忘不了。刻骨铭心！

梵高创作此画时，人在精神病院，完成大作后，仅短短一年，便逝世。可谓用最后的生命拼出来的绝笔。用生命画的画，已不再是寻常意义的艺术品了。虽然 1988 年其拍卖价是 5390 万美元（比较 1892 年，梵高的朋友，唐基以 300 法郎的价格买下此画，已是天价，故被视为全世界最昂贵的十幅画之一），其艺术价值得到认可，但不倦追求创新的自由精神则是无法估量的。

在法国人的眼里自然生长的鸢尾花是国花，而梵高的不朽之作《鸢尾花》则体现的人类对光明和自由的不倦追求。这一点，正如泰奥曾说的那样，这幅画在独立沙龙上"很受参观者的欣赏……它远远地就吸引住你的目光。这是一幅很美的作品，画面上洋溢着清新的气氛和活力"。而这一"活力"，便是洋溢自由精神的生命力。

马兰花之梦，是蓝色的梦，而蓝色的绽放，是昊天高扬的自由精神。而这种自由精神无论是大野山原，或是殿堂典雅，是天然勃郁，还是匠心独运，都闪现着那一派幽幽、悠悠、油油的蓝。

啊，马兰花有梦。

马兰花

草地马兰幽，

天风六月遒。

风来长发乱，

风去烈鬃游。

卓玛银铃笑，

洛宾星月眸。

扬鞭歌送远，

长伴白云悠。

（甲午仲夏于金银滩）

甲午菊月于无名堂

宋桂

钓鱼城中有逾八百五十六年之老桂，竖伟岸，展优容，张茂柯，呈森罗。龙根九曲，凤冠高张。傲立天底，泽被苍穹。其高六丈二尺，其围六尺许。其干斑驳苍劲，其枝交错横逸，其冠婆娑葱郁。八月花开，娇黄一树，香郁远播，十里袭人。待纷纷洒洒，木樨落英，邑人细细将其聚集，清洁入瓮，灌注高粱，窖而酿之，遂为金桂玉液。此物开坛香溢，盈杯香漾，入口香游，流腹香回，神气为之畅爽也。从此，八百年之香郁，附其体，纯其魂，清其神，馨其心也。誉此树为金桂王，实不为过也。

据考，此桂植于南宋高宗绍兴二十五年（1155 年）。如此，树早于城而立，几近百年。未有钓鱼城，而先有钓鱼山。鱼山因三面环江，山似鱼形而得名。而山上临江之石岩，传为仙人垂钓之石，曰钓鱼矶。是处，为一方胜境。多有雅士高人登临。钓鱼城中迄今有南宋孝宗时闽人朱涣来此地，游佳境而作七绝《钓鱼矶》之摩岩题刻可证：

山野考察篇

27

钓鱼矶上闲著身，胸次应无一点尘。

偶尔不逢周汉主，此心端弗愧前人。

此诗作于绍熙二年辛亥（1191 年）。是时，桂树已植 36 年，已成大木。林荫郁郁当为朱涣一行所庇，而诗人灵犀当得自悠悠桂子。桂树何人所植，所植为何？已无从考。然高士咸集，骚人云游之处所，自古为修竹茂林，云崖清江之胜境。清雅之处，净爽可人，境无点尘，化入胸次之间，不染纤尘。而境之净得化心之静，悠悠桂香引也。故胜境植桂，得其所哉。妙在化青山碧水入情性耳。胜地多嘉木，除桂树外，有宋一季亦植有柏树。护国寺大门侧以前就有古柏四。亦为南宋建寺之际所植。故历经百年，久惯风雅清净之树，亲历鱼城之崛起。

南宋理宗淳祐二年（1243 年），名将余玠为朝廷所任，就四川安抚制置使兼重庆知府，兼总领夔路转运使，以救危局。余玠治蜀伊始，便于重庆府门大书楹联，上联"一柱擎天头势重"，下联"十年踏地脚根牢"，以表心志、鼓士气、安民心、壮军威也。同时揽贤良、招能士、集众思、广忠益。其诚挚、其坦荡、其肚量、其眼界，致使播州名士冉琏、冉璞兄弟，深为折服，尽输热忱。故献其因山为垒，棋布星分，屯兵聚粮，据险抗敌，控扼要津，气势联络之抗元守川之良策。

故而，以重庆为中心，全川广筑坚垒。合川钓鱼城此时便与云顶、青居、大获、大良、紫云、神臂、天生、多功、赤牛、铁峰、运山、得汉、平梁诸城一并构筑。从虚渺传说中仙人垂钓之钓鱼山，而变为巴渝保障之战略重镇；自闲云野鹤盘桓与骚人墨客吟唱得生美而化文之所在，一变为铁骑兵锋所争而兵民滚木弓矢所扼之厮杀险地。其清静失，而喧嚣至；其淡泊去，而烽烟起。其山野秀雅荡然，而兵锋血腥肆虐也。此一巨变，百年之老木，无语，无奈，无助，无泪，其年轮斑斑，枝干苍苍，瘿瘤突突，疤痕累累，俱可泣，可诉，可参，可悟也。

其后，南宋理宗开庆元年（1259 年）之钓鱼城大战，及蒙哥大汗为炮风所伤，继而丧命，亦为这株百年桂树目睹。时值仲秋，皓月朗朗，桂香悠悠。而耳所闻者，乃杀声阵阵，炮声隆隆，鬼哭啾啾，狼嚎森森；目所望者，则硝烟滚滚，战旗猎猎，碧血汩汩，惨烈幕幕。皓月仍冉冉自桂树梢而升，桂香仍悠悠傍月光而泻。不计胜者，负者，伤者，健者；乃至壮士英烈，孤魂野鬼，一体沐清辉，同气饮流芳。慰藉与共，族类莫分。

蒙哥大败于钓鱼城，其恨也切切，其憾也惴惴，殒命前竟遗命："我之婴疾，为此城也，不讳之后，若克此城，当赭城剖赤，而尽诛之。"至元十六年（1279 年）钓鱼城终降蒙元。初期，尚且敷衍，忽必烈仍以降将王立为合州知府，一州生灵且免涂炭。然至元成宗大德二年（1298 年），钓鱼城终罹大劫。房舍寺庙俱遭兵燹，鱼城几为废墟。而老桂树竟得幸免！且又亲证背信弃义、暴行肆虐、残垣废墟、不忍狼藉之惨状。

至明季，弘治七年（1494 年），又于钓鱼城中护国寺侧建忠义祠。初祀宋将王坚、张珏并建牌坊，上书"独钓中原"。后又增立余玠、冉琎、冉璞、王立、李德辉及熊耳夫人牌位。而宋之钓鱼城城垣，则一任其残败。诚如宋廷立所哀"鱼城残断迹全陈，再拜王张为怆神"。明蜀状元杨慎亦有诗叹，"钓鱼城下江水清，荒烟古垒恨难平。睢阳百战有健将，墨翟久守无降兵。犀舟曾挥白羽扇，雄剑几断曼胡缨。西湖日夜尚歌舞，只待崖山航海行。"至明清更替之乱局，钓鱼城之疮痍荒芜更甚。至清朝，钓鱼城又几度兴废。时下所存庙舍已是清季之廊庑，而寺外石砌之坎与墙之基础，尚为宋时之物，其上又有明清之砌及现时所补。故而，自南宋，经明、清、再而今之墙砌于一体，其风化，浸蚀，剥落，凿琢之痕，可读，可鉴，可考，可言也。春芽秋花，老桂年复一年，任其自然，淡然，坦然，纯然，以其老木之坚韧，皮实，稳沉，宽容，面对一切。

而公社化、大跃进、学大寨、"文革"之际，其毁又冠以"革命"之名，大标语，大斗争，大改土，大破旧横行。老桂树下，有阶级斗争，有大放卫星，有牛嚼猪蹭，有冤魂绝命。亲历亲睹之老桂，竟能幸免，实乃苍天有眼，老桂有灵也。傲岸，奇崛，苍郁，遒劲。八百五十余年从容度风云，历劫难，炙久旱之烈日，溽冷雨之淫浸，怆毛虫之咬噬，疾病毒之伤创，新叶春来发，金花秋来放。一如既往，有老相而无老迈，有苍劲而无苍凉。八百五十六年沧桑淡然阅也。

立于老桂之下，听风声、雨声，看日落、月升，可与沙沙树语，可与幽幽香流，可与勃勃气通，可与煌煌义明：亡灵与鲜血融而土之，英武与气节盈而冠之，强攻与厮守织而雾之，坚毅与浩然凝而骨之，此金桂王也。

余有一曲咏曰：

山坡羊·金桂王

风云谁聚，

荣枯谁度，

鱼山独立春秋树。

日迎初，

月萧疏，

虬枝老干香如故，

人鸟去来谁留意数。

兴，老桂睹，

亡，老桂睹。

辛卯三月十三于无名堂

山野考察篇

31

武当山行

一、随枣走廊

辛卯孟冬，余到珞珈山华中师范大学与会，会毕，一行十余人自东而西，出武昌，过大江，一路经孝感、随县、枣阳、襄阳、樊城、老河口、谷城而抵武当山。天色沉沉，雾霾阴阴，孟冬之田野，寒林疏疏，渗透隐隐肃杀之氛。

过孝感、麻城，其湖广填川之移民集散之状，时时来袭，且挥之不去。余先祖，先外祖所载籍贯皆为孝感，麻城，乃其迹也。今之川籍人氏，所谓以此二地为籍贯者，泰半亦因移民之际，经此集散而致也。

经随枣、襄樊，虽帧帧窗景之掠，匆匆接踵，如视频快放，然心澜之击，却暗潮涌涌。吾校，座北碚，毗邻梅花山。山不高，而诣者必仰。盖因张上将自忠英灵葬此也。抗战军兴，张将军为殉难之中国军魂！而将军殒命之战即为武汉战役之关键——随枣大战也。余一行过此，可谓一车教授，知张将军死随枣之战者已寥寥，但知张将军为抗战之英烈者则芸芸。而空中弥散之肃杀之气，依稀似当年之硝烟未尽。

而老河口，谷城地处险要，更为古今兵争。秦汉、魏晋、隋唐、元明俱有大战。仅明末李自成、张献忠经此战襄阳便各有两上两下之多，河畔之渡口，两岸之青山，至今还掘出箭镞之遗物，斑斑锈蚀似可述战事惨烈。

过随枣，行色匆匆，然思古之悠悠，则难敉平，遂腹中草成一绝：

枣阳秋

秋色枣阳浓，

丘山半染红。

寒林风落木，

叶叶唤英雄。

（辛卯孟冬于随枣途中）

二、山之引

秦巴古之谓也，按今之区划，北起陕甘，南达川渝，西迄川甘，东迤鄂渝。而武当山即在秦巴东麓，鄂西北境内。自武当而东，可至江汉平原；南偏西，可通万源、达州而入川渝；由西偏北则出汉中再进关中秦川；北向直抵南阳，继而中原。

故武当一山，其势之险、之要、之重、之活，东扼荆楚，北控中州，南逼天府，西迫关陇，距一地可四达，占一险可全活。故而临武当山之要隘，襄阳、樊城，自古为兵家必争之地。势险而兵争，兵争而战乱，战乱而祸民，祸民则分化。卑下以苟全，或避，或藏，或顺，或逃；桀骜以抗争，或悍，或野，或兵，或匪。而出家且习武，可谓二者之合璧。隐不全隐，有功夫在身；武不外凌，有世外之图。而释道两派自古蛰名山，藏槛外，故应求避之运长盛。武当山即为道家（后为道教）捷足。

远自东周周康王时道家尹喜，为大夫，曾任函谷关尹。任关尹时，迎老子入关。升坛论道，秉笔著书。《史记》有载。尹喜服膺，遂辞官不仕。先隐关内，后西入蜀，再栖于武当。于三天门石壁之下，砌石门，围石室，幽隐修炼，以悟大道。至今留有"尹喜岩"。此乃有据可稽之道家入武当之最早记载。

汉光武刘秀时有马明生、阴长生二人，同隐于武当；其后又有燕济弃官而入武当；至东晋，有徐子平弃华阴县印，隐逸武当。2003年9月4日武当山泰山北庙出土之古墓砖有年号"隆和"。"隆和"乃东晋哀帝司马丕所立，其用仅一年（362年），次年即改为"兴宁"。此砖可证东晋时武当已建道教寺观。

至于唐宋亦有高人数百，入武当学道。如唐太宗时均州守姚简，奉敕至武当山祈雨灵应，并得见五龙降瑞，故兴建

"五龙祠"。有唐一代，肃宗（李亨），代宗（李豫）、昭宗（李晔）先后建"太乙""延昌""神威武公庙"诸观。武当山之道观已成规模。以致唐时道人吕洞宾有诗《题太和山》咏颂："石缕状成飞凤势，苔纹绾就碧螺环。"

除唐隆道教外，宋亦重道。太宗至徽宗五十年间，武当山道观建筑规模更胜。真宗赵恒改"五龙祠"为"五龙观"，并钦赐匾额书"五龙灵应之观"。宋高本宗题诗《天柱峰歌》云："丹梯贯铁锁，十二楼五城"，以及"黄金铸屋玉作楹"，可见武当山道宫之胜状。

马上得天下之元蒙帝国，对武当山之道宫建筑群亦有增建。世祖忽必烈、泰定帝也孙铁木耳均大兴土木，营建宫观。如现仍遗存南岩翠掩之中之"天乙真庆万寿宫"石殿，是殿侧至今仍存元元祐元年及泰定二年二石碑；再如天柱峰太和宫下右侧小莲峰上之古铜殿。

元明之际，有辽东懿州人张全一（又名君实），自号三丰道人，云游天下，辗转来武当。遍游其八百里为周、七十二峰为错之武当山诸岩壑。深为其磅礴延亘之形胜气势所感慨，与人语："此山，异日必大兴。"其后又在草店一带结庐潜修。洪武二十四年（1391年）太祖闻其名，遣使至武当山寻访三丰，惜不遇。永乐时成祖又遣给事中户胡淡，内侍朱祥"赍玺书香币往访，遍历荒徼，积数年不遇"。乃于永乐十年（1412年），诰命共工部侍郎郭琎、隆平侯张信、驸马都尉沐昕督工，征调军民工役凡30余万，大兴土木，历时13年始建成道教诸宫台、亭阁、殿堂、楼榭、观庙、塔碑、牌坊、柱表。下自原均州净乐宫起，上达天柱峰金顶，凡一百四十余里，山荫水照，绿掩烟笼，红墙金瓦，飞檐斗拱，错落布设九宫，九观，三十三寺院群，三十六庵堂林，七十二岩庙，三十九桥梁，十二亭阁，林林总总大小各色宫、观、殿、宇、亭、楼、馆、榭多达二万余间。难怪明季诗人洪翼圣有诗赞咏"五里一庵十里宫，丹墙翠瓦望玲珑。楼台隐映金银气，林岫回环画境中"。从此，武当山便为天下第一之皇家道观。从此冠甲天下，名扬四海。

坊间有言，"北建故宫，南建武当。"至今，武当人仍说此话，并以为荣。倘稍深究斯言，乃谓武当之营建系皇家总领，朝廷经略。有九州谋篇、南北统筹之大势。可得国帑之济，能聚天下之力。仰承庙堂之胜筹，俯采山野之生气。故布局策划在前，开凿施工在后。先占全局呼应，大势贯通，气韵畅达，地脉交泰之形胜；再得统筹运作，兼顾推演，逐次展延，协调分合之序顺。然斯言又未必全当。所谓"北建故宫，南建武当"混淆先后之措。其时，南建武当在前，肇自永乐十一年（1413年），北建故宫在后，始于永乐十五年（1417年）。故南先而北后。其次，永乐将皇祚重心北移，除有明一朝，始终难消北来之威慑，其得掌中枢亦兴之于燕，故对其情有独钟之外，还在于大统北移，可尽脱原建文所遗体制之羁绊，可焕发重组新政之活力。其合法性是其活力所来之关键。举反旗取侄位而公然代之，强势淫威之下，众怒且可禁，然官

36

心民心却难驯。故尊神道而立威权，敉平朝野，实为上策。这才能释读，明成祖朱棣何以有将北方京都皇城之建置于后，南方仙山道观之筑兴于前之举也。

三、太子坡

晨发武昌，过午入山，首抵太子坡。此名源于传说。道经《三宝大有金书》称有净乐国王太子，年方十五，入山修炼。栖息此地，故名太子坡。照其名，"坡"者，非一点，一线也，故循一清浅小涧，跨一坚实规整之石拱桥（复真桥），缓缓而上，峰回路转，绿掩翠映，数十级石阶清幽蜿蜒，俱在一坡也。乍上石阶，抬首迎面即见二墙呈八字状，向心内敛，悠悠导入两扇红门，门额之上，青砖砌匾，内书"太子坡"。显然，名之所由自传说来。而此观原名"修真观"，亦名"复真观"。此名仍由"复真桥"可窥其初名。净乐国本系乌有，王太子自然子虚。然何以改"修真观"或"复真观"而为"太子坡"。或由太子皈依修道，其感召力大，有神秘感，有超常魅力也。加之，其间又有太子修道中途，意念动摇，欲弃道还俗。返途中遇一老姆磨杵，诧而问之，答曰："磨针"。继询之："难乎？"老妪又答："功到，自然成。"太子幡然悟，复返山中，遂得道，成正果，升天为北方大神——真武大帝。此像，至今立于观中正殿。好事者附会此像乃以朱棣为本也。此外，由此传说派生之传说，及相应景观在太子坡尚有："磨针井"及磨针涧、磨针石；姥姆祠，及磨针老姆彩塑像；观内三清殿前之碗口粗铁杵；三清殿内八幅"太子修真图"；观外五里地处太子母扯太子衣裾阻其返山，而太子毅然拔剑断衣之"剑河桥"等等。此外，观内有一井，名曰"滴泪池"，另有"九曲黄河墙"，两院落，四宫门，皇经堂，藏经阁之类，俱为明式建筑，厚重敦实，方正规严，飞檐斗拱，大顶歇山，红墙绿瓦皆精工细作，与南北二京之御制式样如出一辙。设计、布局、营造、匠作都无愧皇家气派。然复真观独绝者，则在五云楼之一柱十二梁上。五云楼其楼有五，五层楼俱有横梁，全交于一隅，而一隅所立仅一柱耳。一柱所承五楼凡十二梁，设计之奇，受力之重，榫卯之巧，工艺之精，堪称世之所绝也。非学建筑，来此观之，亦不虚也。

四、紫霄道乐

到紫霄宫时已近黄昏，天本阴沉，四围高山耸翠，且雾霾低压，更显森森。紫霄宫取法紫薇宫，意谓天地中央之道坛也。其址，唐季即选，宋、元继之。现则由明初大建而成。紫霄宫，坐于展旗峰下，正对照壁峰。左前有三公峰，右前有五老峰。前后皆拥两池，前左"日池"，前右"七星池"；后左"月池"，后右"真一泉"。三层青石高台上，紫霄宫耸立。石级步步，数丈余，势成高台，更显巍峨。仰首观之，薄雾中隐隐之伟岸，大有迎面压下之感。经禹迹池，过金锁桥，寻几级石阶，即入山门。门侧置一木桌，桌后坐一道姑，正捧书而读。未抬头，即问门票，轻轻，静静，冷冷。我先行，持票者随众人滞后。见问，便立于门殿。道姑仍读书。若无人。山里静寂，可闻其翻书。纸响引我，不禁问："看何书？"

答曰："黄帝内经。"头仍埋。

吾愣，又问："白话？"

答曰："文言。"

吾又愣，再问："能懂？"

答曰："懂，有注。"眼稍抬。

余眼风与之接，继问："高中？"

声微高："本科。"

余调即升："在哪？"

"北京。"声调复平。

余打量伊，小帽下，青丝一缕斜出，衣皂袍，宽大，难见体态；白净，清秀，五官正，其眸明澈，如宫侧之泉。

吾好奇，问："何时来此？"

抬目视余，未答。时稍静。

"票来了！"众人至，喧嚣亦至。应答止。道姑一一验票，余意犹未尽，然无奈，只得随大流前行。

余微怅，遂拾级而上。导游喋喋，谓此宫乃"道姑宫，无道士；太和宫为道士宫，无道姑"。似可释吾怀。

紫霄宫之大殿，立于中轴之端，下有高台三层，上有烟岚一带，其势森然。殿乃木构建筑，重檐翘角，歇山垂脊，顶戴琉璃，脊立灵瑞，雕梁画栋，斗拱藻井，彩壁玉栏，俱精工巧作，一派皇家气象。

游毕后殿，正欲下山，忽见青烟一缕，冉冉升自殿前。旋即戛玉撞金，鸣丝吹竹之声飘来。吾等忙寻声而去。至正殿石阶前，见十余道姑，各持乐器，或吹或敲，分列两行，中有一盛装道姑，似为主持，正念念有词，手足轻缓，伴乐有致。阶下有乡民夫妇，蹲地烧纸。火映其面，凝重虔诚。显然，此夫妇花钱正请法事。

早闻武当有道乐，不意竟有缘得遇。道姑奏道乐，全不类俗乐，更不像时下流行乐，毫无表演，作秀成分。一招一式，质朴无华。久听，颇单调。但与其情景相融，可谓丝丝入扣。敲击与丝竹之声，与两行道姑并一位主持，与一旺红火兼一对夫妇，在青山环拥与红绿道观中，化雾化烟，冉冉升腾，汇入翠林幽谷。有形顿为无形，与太虚混一也。

是夜，宿太和宫。清冷，清寂，清静，清幽。晨起推窗方见，窗下即是一谷青翠。步出户外，风大，顺谷掀来，寒气倏然。然抬首上看，天未大明，晴朗舒展。天边泛白肚，有晨曦一抹。由西往东看，先见月，后见日。真乃日月同天。

五、南岩含烟

早饭毕，即游南岩宫。此胜境早为道家高人所据。自唐而宋而元，先后建有道观。尤其有元一代，此地建有"太乙真庆万寿宫"。现留宫群即为永乐所建。

南岩，幽、深、险、峻、奇、秀、峭、灵齐备，选址此地建宫观，堪称人文与自然绝佳契合。出太和宫，先顺岭脊上行，然后陟下，入山凹，见碑亭，穿大殿，循绝壁，一路所见，俱堪奇绝。

　　立岭脊北望，五龙俯瞰，迎朝阳，势奔涌，竞腾跃，如领号令，俱南向也。下行青石阶如数连环"之"字，草书，行书，楷书，大小不等，或陟或平，蜿蜒曲折，俱苍苔茵茵，煞是耐看，引人驻足。过幽谷，经山坳，掠赑屃之伟岸，镌刻之工巧，法书之酣畅，气派之典雅。入大殿，如所见庄严，大气，穿殿而自后门出，所见即令人击节惊叹。后门之路劈峭崖而筑。左贴绝壁，右临绝涧，顺幽谷而曲上。路平，石底，青灰色，仅五尺余宽，有石栏护险。立于前，凭栏放眼，望下，渊深不可穷见，唯泉石激韵，空谷传响，伴白雾冉冉不绝于耳；上望，则云片几缕，天净，蔚蓝，澄明，扬山风一阵，云移而天生动。其玄，其远，其阔，其厚，亦难以穷尽。隔山对看，重岩高耸，是为天柱峰也。难怪《太岳太和山纪略》有句云："南朝天柱，北瞰五龙。"此言不谬也。天柱峰下，山峦叠翠，嵯峨拱托。其上，则白岩兀秃，傲立云端。老松倒挂间，烟岚蔼蔼。南岩之奇，不惟天地造化之绝，更有人文巧作之妙也。出元君殿后，顺东即穿砖室，数丈外有独阳岩，上即建石室；再前行，又见紫霄岩，上镌仰首之龙，双目圆睁，方口势张，跃探欲飞，仿佛化入太虚；灌木林莽中，又有礼斗岩，刻有灵官诸像。又东，立"风月双清亭"；向西，则望飞升台。其台因传说真武大帝由此飞升，乃圣境也。故其台翼展，如飞天之状。台下孑立"试心石"，再下又托"谢天地

山野考察篇

岩"，其意深远，耐诣者细品。在此绝壁悬岩之看似逼仄之地，有室、厨、碑、亭、池、殿、堂、台、院、阁等"大小总六百四十"之多，且俱与天然之境，化而为一，令人流连。匆匆之游，未及尽览。

而观中之物，尤以元遗之"太子卧龙床"组雕灵动，以铁铸造像"三清"并五百灵官珍罕。惜石龛幽暗，且铁像黝黑，故难窥细部，只觉铮铮油亮，全无锈迹，可谓酥光幽隐，沉着深稳也。

六、第一山

自南岩转天柱峰，先乘车，后换缆车。由汽车站步行至缆车站，迎面即见天柱峰半岩陡壁上大书"第一山"三字，及近壁前，又见其款识"米襄阳"。字皆漆红，刺目耀眼。仿者拙劣，不谙书道，恶俗不堪，可惜了一壁山岩。米芾襄阳人，亦可算与武当山有乡缘；米公也确书有"第一山"，然非此地，更非单书此三字。《白香词谱笺》有载，"淮北之地平夷，自京师至汴口并无山。惟隔淮方有南山。米元章名其山为第一山。有诗云，京洛风尘千里还，船头出没翠屏间。莫能衡霍撞星斗，且是东南第一山。此诗刻在南山石崖上。石崖之侧，有东坡行香子词。后题云，与泗守游南山作。字画是东坡所书。"明白无误，米元章书"第一山"在南山，非武当，而此南山在淮之泗州，即今江苏之盱眙，而非湖广之均州。时下炒旅游，且附庸风雅好事者，尽弄此等不伦不类之俗物，以冒历史。武当山自古胜地，自然与人文俱有其妙，何须此类添足？徒糟蹋一幅山崖也。

七、天柱轻云

武当山之巅，是为天柱峰；武当山行之高潮，亦在天柱峰。登极顶而极目，此行胜也。

上天柱峰皆石径，陡峭而狭仄。且人多而挤。上下皆慢，仄小处常侧身以避让。更因人随石阶升，眼随升阶开，景随眼界新，常驻足以揽，继而摄而收之。余一行先直上天柱峰，立于云顶岩畔，极目四望，八方尽收。但见山势逶迤，起伏翻转，态势各异。俱伴有云气烟霭，或裹，或挟，或披，或戴，更显大气磅礴。且所有山势，无论腾挪扭转，仰首摆尾，或高低错落，张扬转圜，俱从四方呈奔涌之态，向天柱峰拜来。坊间所言"万山来朝"全然不虚。余一一细数，群龙奔涌，山有九脉，山涧亦九条。真所谓阴阳各九龙也。如此风水实在无双。

天柱峰极顶，又名金顶，有金殿立焉。所谓金殿，乃铜殿也。早在元季建武当道观时，便建铜殿，古铜殿因永乐以之为"规制弗称"，将其下移至小莲峰，另建现存之金殿。此殿虽名"金殿"，实则铜殿，但名亦不虚。冶铜成殿，沃以黄金。故为合金。整个金殿，形如暖阁，乃仿木结构供电式建筑。其高，丈五；横，丈二；直，九尺，成一长方体。周有立柱十二，柱上架设：额，枋，拱，檐，共托其重檐底殿式屋顶脊端

山野考察篇

铸有双龙，呈对峙状，衬以飞翘之四角，致使厚重之金属屋，顿显轻灵。而铜质金饰，又使之金碧辉煌。高踞天柱之巅，值丽日光撒，武当山内，凡朝天柱之地，无论远近高低，举目所视，盖灿灿之光焰辉映极顶也。倘遇阴霾，雾移云蒸，气之流，与金殿直方，又在若隐若显间，虚实与硬软与动静与刚柔，相得益彰也。

现正殿前所悬鎏金匾额，乃康熙亲书"金光妙相"，此为皇家文字，而金殿之铜，俱来自滇省，一为铜产自滇，二为滇民所捐。在铸铜件上，至今清晰可见，滇民供奉之各色铭文。朝野文字俱载于一体，似有悖于礼制，然在此，则又融融一炉，极为相得。殿中正座乃真武大帝。对此像，《太岳太和山纪略》有言所谓"圣容丰润如生"，且"旁侍持天将像四，庄严焕发。自殿屋至供御器物，悉是铜质金饰，�煌一色。藏有御赐物数件，龟蛇最奇，蛇圆莹，龟稷隅，蛇绕龟腹背。色如点漆，而龟洁如脂，因玉质巧绝人工，非上方不有也"。眼前，真武像，四天将，龟蛇玄武，俱在，其余则未见。但仅就所见，亦可证其所记不虚也。

八、转运殿

自金殿往下，未循原路，而从殿后山脊石径折下。陡路间有奇松，生于山顶，下粗上细，曲折多姿，虽矮矬，但斑驳苍劲，与金殿相映，其虬干更显古拙。

下至小莲花峰即见古铜殿。此殿初建于天柱峰，明永乐年间为建金殿而移至小莲花峰。改呼"转展殿",而今讹为"转运殿",被奉为灵验。故游人至此多侧身贴壁绕行一匝,以求"转运"也。绕行时由外而幽内,入暗而转明,出仄而顿宽,身为之舒,神为之爽,眼为之开,心为之畅,似为"转运"也。至今,铜殿之隔扇裙板上还可见"元大德十一年铸于武昌梅亭万氏作坊"字样。可见,铜殿铸于山下千里之遥之武昌,运至天柱峰后组装而成。正因其是先铸而后装,明季将其移至小莲花峰方可拆而后重装。

九、皇碑林

出铜殿,稍行即至太和宫灵官殿。殿前伫立一溜大明诸皇登基之际所立石碑。其材质有青石,有大理石,俱为御制。其祝文无一不以"北极真武之神"为祭,其拜祭之时,无一不是其元年。此为何故?新皇登基,改元元年,即因循"建五始"之说也。《公羊春秋》有云:"元年春,王正月,公即位记事",对此,颜师古有注:"元者,气之始;春者,四时之始;王者,受命之始;正月者,正教之始;公即位者,是为五始。"如此"建五始",便是所谓"大一统"也。而大一统,则是天命与王命,道统与政统,神权与君权,时运与人事之合一。实质乃行国政之周也。所谓周者,周而复始,良性循环也。天子使王命,行正教须合于天地之命,即天地万物之运行也。而天地之命,万物之运,始于正月,即始于春,其所以有春,盖因有元,元气孕物,物之初春也。如此,不仅王命,君权，有天授，更在于其所行之政，合于万物生息，故合于大道。道教之"一气化三清"，"元始天尊"，"太乙"等等俱可为君权所用。以气始为原点，继而物始，再而物兴，而顺物兴则行治权也。此乃，道之所以为皇家所重，武当所以成皇家道山之关键也。

武当山行不虚也。

辛卯腊月二十九于无名堂

山狸杖

辛卯仲春余往腾冲，去城北向约一百余里至猴桥分道，路渐次，盘旋螺还，山愈高愈深愈大，林愈稠愈密愈莽。时见大树杜鹃或火或洁，或炫秀于崖，或颖脱于林，或绽衬于天。车中诸君辄见多惊呼。此花长于高山大树，低海拔无缘得见，故以为稀罕。路渐缓，至一坝，且见有田舍村落，是为胆扎傈僳乡也。

傈僳人世居深山，旱作农耕，兼采集渔猎。性简朴豪爽。时弄"新农村"将其迁至此，聚族而居，以创旅游村落。村支书蔡姓，导余一行入村。村房新建，特色了无，个性荡然。三五妇幼闲散于路口村头，服饰举止已难别于汉民。余兴味索然，碍于殷殷主人，遂随之入其姐家。屋前石阶四级，堂屋矮小黑暗，已大异于傈僳人堂屋，高大宽敞。初入内，没物可睹，眼稍闭，方可视物。屋左火塘，旁置长条矮凳，正中吊罐；屋中置条案，案供香火，旁有数盏，上方红绳吊一穗栗子，是为傈僳人之谷神；屋右立一木柱，上挂两兽头，短角长吻。另挂一弩及弩矢带，再有一竹杖，杖首类兽头，亦有两角。木柱在傈僳人原住房内立于正中，上除兽头，弩弓外，还绑挂玉米、栗子等粮食，是为图腾柱也。此新居木柱已不在正中，但所挂之物，除粮食移挂屋中供案上方外，其余仍挂柱上。

乙酉孟夏余曾于贡山丙中洛傈僳人处见过图腾柱，知其于傈僳人目中之神圣。故见兽首竹杖挂其上，便取下问之。然年轻主人俱曰不知，余复挂杖归柱。及出屋外，村人已闻讯而来，正围坐院中石阶。余见一老人亦挂一木兽首杖，两杖如此相似，且质地不同，便知有故。折身进屋，取杖复出，两杖比较，并为之拍照。

此状，挂杖老者均目之，遂朗声曰："喜欢此杖，送你!"

众大惊喜。余忙称谢。双手接过竹兽首杖，细细摩挲，兽首有角有嘴有目有神，雕工难言精致，不入大堂雅室。然如山野活物走来，生气溢焉。傈僳人奉为图腾，俨然一精灵也。问及图腾柱上所挂兽首，傈僳人称"山狸"，"狸""傈"同音，故为傈僳人所崇拜。此兽实为苏门答腊羚。此杖类之，故谓之"山狸杖"，参见图1：

老者号蔡付朝，为村中蔡姓长者，已八六高龄，黝黑，清瘦，矍铄，健朗。爽笑染人，无疑可逾米寿乃至人瑞。与之谈傈僳诸事，俱熟稔，言及此地傈僳人系清初迁来，居大山，近年迁至此，故尽非原貌，此杖便携，方随之搬来。言及唏嘘不已。周遭其余傈僳听者皆咋舌，寡闻未知也。

一根貌似不起眼的山狸杖，却是有讲究的。

其一，傈僳人山地民族也。行山路不仅老人，年轻人无论男女皆挂杖。一为助力，二为驱虫蛇，三扫露水，四打狗防身。此乃必备之什物，实用功能显然。

拐杖自古有之，《山海经》中有"夸父"。因追逐太阳而死。其死前，便将手中之杖插入土中。是谓："夸父弃杖为林"也。此杖，《山海经》虽未提及何木所为，但因此林，为"邓林"，而

图1

"邓林"之木即为桃木，故为纯阳之木，可以驱鬼怪，祛阴毒。后世民间画桃符即为此俗演变，而再变，至唐末后蜀孟昶又为写贴春联。而画桃符之古俗，中土鲜也。前些年春节前余到越南，还见当地家家户户节前买桃花入户。是为此俗在野仍存之例证。

挂杖之俗渐次化为敬老之礼俗。如以孝治天下之汉季便行"鸠杖"，又称"鸠杖首"。《汉书·礼仪志》载，明帝时，曾主祭寿星，大宴天下古稀，无论贵贱，均为明帝邀。宴后，明帝馈礼，除酒肉谷米外，便是"鸠杖"一柄。传说，鸠为不噎之鸟，刻鸠纹于杖头，可保老者食时防噎。《后汉书·礼仪

49

志中》："玉仗，长（九）尺，端以鸠鸟为饰。鸠者不噎之鸟也，欲老人不噎。"1958 年，汉墓有"鸠杖"出土。越两千岁仍锃亮如初。除木雕外，还有陶制"鸠杖"出土。如图2：

魏晋后，鸠杖换成了桃杖，其变，显然因《山海经》之重"纯阳之木"之故。加之，当时道教风行。此乃山狸杖的讲究之一。

图 2
西汉磨光
黑陶鸠杖

其二，傈僳人自古善射。家家有弩。而弩，虽是从弓箭演变而来，却又大不同于弓箭。弓箭多为看见猎物，或敌人后，再张弓搭箭，其反应慢得多。故多为开阔的草原游牧民族使用。而山地丛林，常不容看见猎物或敌人后再做动作，一是山林茂密，山势复杂，加之云遮雾绕，发现目标时，要张弓搭箭，往往不及反应。而弩，则是先就拉满弦，安好矢的，故一发现目标，仅需扣弩机而已，反应快多了。所以，弩，是典型的山地丛林的傈僳人的利器。

但，弩毕竟是从弓箭脱胎而来的。且又"傈"与"狸"同音。故古代之射礼中诸侯射箭或投壶时要乐工演奏《狸首》。这类礼仪，《礼记》中有载。《狸首》虽已失传，但《狸首》之事与名则留下来，屡见诸史籍。譬如，以"苌弘之碧血"比喻蒙大诬，而恪守忠贞的典故，便与《狸首》有关。

此事，《史记·封禅书》中便有记载："是时苌弘以方事周灵王。诸侯莫朝周，周力少。苌弘乃明鬼神事，设射狸首。

狸首者，诸侯之不来者。依物怪欲以致诸侯。诸侯不从，而晋人执杀苌弘。周人之言方怪者自苌弘。"

虽以善射著称的傈僳人，是否秉承了"设射狸首"之古礼，尚待有识者进一步稽考，但可以肯定的是，在腾冲傈僳人山寨，古俗犹存。且能引发史籍所载的遥远，是否可呈之于眼前习俗之鲜活呢？

常言，人类学可证史，斯言不谬。

辞别蔡老出村，众人皆称有缘，余虽无语，则思绪翩翩，一族之文脉何承？吾不得解。车行山道，坎坎，坡坡，弯弯，迢迢，大树杜鹃依然烂漫，拄此山狸杖可行而远乎？

　　　　　　　　　　辛卯孟夏于无名堂

山野考察篇

宁厂盐泉

巫山崇山峻岭中，大宁河明澈，清粼，幽碧，湍急，北来南向，曲折蜿蜒，载欣载奔，流碧而下。北出巫溪，溯流，经剪刀峡，至宁河与其支流后溪交汇处，宁厂古镇顺河幽然展焉。竹木吊脚楼，七里半长街。索桥晃晃，青石泠泠，老镇多清季之屋，呈老迈、衰颓、残败、萧索貌。偶见方家老宅门前棱角磨光之抱鼓礅旁，户枢吱呀一转，透出院内天井下，黝黝一老石缸，苍苔间依稀可辨之渔、樵、耕、读雕刻，方可一窥昔日之盛况。

清季之宁厂，七里半边街，集官署、钱庄、会馆、客栈、当铺、酒店、烟馆、饭馆、脚行、帮会、码头、戏班、药房、澡堂，乃至花街柳巷，于此小小一街。街头有土地祠、龙君庙等。而今，繁华荡然，满目萧条，偌大一镇，除余与小琴与小迪与向导（本地中学教师）外，更无游人。且邑人亦少在街上行走，多翁媪并少小，倚门而坐，或喂食，或吸烟，或办菜，或望水。唯吾等经过，俱定睛以送。余搭讪一老者，问及青壮，答曰，皆外埠务工，故老幼稽留。即追其由，则答，此地盐业已废，且大山地少，素无稼穑。无以养家，只得结伴南出，谋食异乡。言毕，以手示我，盐场盐泉所在。

遵其所示，余等至镇之北端。顺宝源山麓，有一溶洞嵌焉，洞口立有一清石龙，龙口大张，清泉从龙嘴喷出，惜龙头已毁残。向导曰说：龙头未坏前，龙嘴内出两泉：一咸，一淡。以手掬之，舐而尝之，味极咸，盐浓当为一成一下。据称，此泉冬浓达一五成，夏淡则只半成许。浓淡盖因水枯水盛而变。至盐泉泻下，有一池蓄之。池曰"龙池"。盐泉亘古有之。名副其实一"自流井"也。有传说远古一袁姓猎人逐白鹿至此，鹿遁焉，唯一洞，洞前泥沼留鹿蹄痕，清泉自洞中涌出，猎户口渴饮泉，方识盐泉。乃白鹿常摄之盐也。袁氏感涕，告以乡人，乃有后来之取水熬盐之业。此泉亦名"白鹿盐泉"。

黄公万波先生主持发掘之"大溪遗址"证实：彼处有一古窑址，出土一陶锅，重达十斤。至辛未年（1991 年），古盐场卤池东侧，发现有 10 余"陶锅灶"，灶口锅沿达一尺三寸。方家以为，此乃早期积薪煮盐之遗存也。由此迄今，已有五千载也。人类、兽类俱需食盐。含盐之土，天然盐泉，咸湖盐海，乃人类、兽类摄盐之原初。然摄盐者必受制于有盐之地域，于是，人或兽的活动半径就可以其取盐处划出。也即是说人或兽的活动范围是受制于盐的。人与兽得迁就于盐，而非相反的盐适应于人或兽。

但人类一旦能提盐出土，盐便可随身。人类能制盐，而兽类不能。制盐者超然于地域，且得盐之利，故而行天下，闯世界；不能制盐者，始终固着于有天然盐食之一隅，终为兽矣。而从土中，水里取盐，使其析出，去水固化或借天日，或借火炭，渐次发展至架薪锅熬。宁厂之遗迹，即为自火薪陶锅以来，历经铁锅炭灶，今虽废弃，却保留至今。愈远愈久愈原初之制盐，愈为难得一见。宁厂之盐泉，连绵五千年，则更为难觅也。堪为人类制盐之最早史证。为此，文献有证焉。

《华阳国志校补图注》："当虞夏之际，巫国以盐业兴"，距今约5000年之久。《山海经》载："有灵山，巫咸、巫即、巫盼、巫彭、巫姑、巫真、巫礼、巫抵、巫谢、巫罗十巫从此升降，百药爰在。"《说文》曰："灵，巫也。"古今学者认为灵山即巫山（古巫山泛指大宁河谷两岸诸山，今扬子江岸之巫山乃发轫自宋玉高唐赋巫山云雨之典，虽后起，则以后入为主也）。《山海经》又载："巫咸国在女丑北，右手操青蛇，左手操赤蛇，在登葆山，群巫所从上下也。"据考，"巫咸国"即今巫溪宁厂一带。"葆山"与出盐泉之"宝源山"或因音而转。巫为巴楚之共源。"十巫"之首，巫咸也。"巫咸国"又因盐兴国，咸即盐。"巫咸"即巫盐。巫人称盐为"龄"，其偏傍从"卤"，"卤"即盐也，故"灵山"即为"龄山"即产盐之山。而此时盛产盐乃中原唐尧时也。可见其早。

实际上，所谓沧海变桑田之说，并非妄言。四川盆地地下，就是沧海，就是盐水。整个盆地，如川南的自贡一带，川

54

西的高原盐湖、川北的南充盆地的岩盐、川东重庆云阳万县等等的大量盐井或盐泉，便是明证。盐湖，是在地面遗留的海；盐泉，是地下盐水自缝隙冒出。井盐，则是人工钻取出来的。人或兽最早食盐，或从盐湖，或从盐泉。继而，由此取盐。在高原盐湖，如昌都一带，则是晒盐；而在日照远远不够的盆地内，没有天上火，便只能借助地上的火了。宁厂盐泉即是靠烧柴，继而烧炭来熬盐。这便有了藏在巫山深处的大宁河宁厂熬盐重镇。

据任乃强先生考证，"卤"（鹵）之本义，便是盛盐之罐，而此罐则是熬盐之器具。以前，巫山巫溪一带烧制这种粗陶盐罐的小陶窑极多。在巫山云阳等地亦出土了大量这样的盐罐。三峡博物馆的巴渝展厅里，陈列有大量这样的盐巴罐。可惜，相关的解说词则语焉不详。当地人，尤其是川东一带的人，称其为"砂罐""盐巴脑壳""盐巴罐"。称其"砂罐"，是因其粗陶质地；称其"盐巴脑壳"，是因其大小如人之秃头；称其"盐巴罐"，是因其熬盐时先装盐水，熬后罐底部有结晶的小半罐盐。而要取盐，则将盐巴罐拿至水边河滩。将土陶罐敲碎，便可取出一块上平下圆的碗盐。将碗盐打包，或马驮人背走陆路，或装船压舱走水路。因到河滩敲沙罐相沿成习，水陆两路贩运盐都得到河边码头，这又成了人或物的集散地。而盐巴罐一经敲碎，再熬盐，又得新烧制，故这一带土陶窑林立；"敲沙罐"也成了习语，尤其是后期有了在河坝枪毙罪犯之后，此话就转意为枪毙人了。而"盐巴脑壳"也渐渐成为贩盐的背二哥、船夫等等的称谓。可见，由盐泉，而食盐，而熬盐，继而再生发出相关的习俗、语言、文化等等。

《华阳国志》又载："有载民之国。为人黄色。帝舜生无淫，降载处，是谓巫载民。巫载民盼姓，食谷，不绩不经，服也；不稼不穑，食也。爰有歌舞之鸟，鸾鸟自歌，凤鸟自舞。爰有百兽，相群爰处。百谷所聚。"巫载国之载民可不耕不织，能得衣食之足，盖因其产盐，上游之巴，下游之楚，北之陕秦，南之夜郎便以其之货与巫兑盐，山大地脊，毫无农桑之利之巫载，乃成"百谷所聚"之一方之富国。可见，得盐之利也。有物之利，则文之兴焉。巫之为文，乃巴楚文化之核，有核，便有肉之生焉，皮之附焉，毛之茂焉。于今之所遗之青铜、漆器、诗词、歌赋中，楚辞巫风之汪洋恣肆，巴人战舞之奇崛诡谲无不源于巫也。

从此，这里便成了我国早期制盐地之一。上古时的熬盐之物已难寻觅。能看到的实物"龙池"，始建于宋代。宋时的四川相当富庶。盐厂乃税赋大户，故历代朝廷皆垄断盐利，严禁私贩。宁厂现存的"龙池"便是地方官亲自主持专设的用以蓄集和分配卤水的场所。池前横置一木板，上开30眼，各盐灶按眼取卤，以保证公平。这种由官方主持卤水分配的方式一直延续到清代，并于雍正年间将木板改为铁板。直到现在，山上的卤水还在不断流入"龙池"，并由铁板上的圆孔中潺潺流出。可惜，盐厂已停产，而卤水仍从石隙流出，经铁板稍阻隔后，汨汨，默默，寂寂，黝黝俱入大宁河也。

镇以盐兴，亦以盐衰。天然盐卤泉自镇北宝源山洞流出，清乾隆年间，有盐灶三百三十六座，煎锅一千零八口，号称"万号盐烟"。故百业因之而昌，小镇因之而隆，边鄙因之而市，山民因之而殷。

秦家老宅、方家大院、向家老屋、盐厂三车间、过街楼等重点文物建筑，还有湖北、江西、四川、广东等地商人留下的会馆有迹可考。"一泉流白玉，万里走黄金"之盛名；"吴蜀之货，咸荟于此"之富集；"利分秦楚域，泽沛汉唐年"之往昔。有方家认为，人类早期是积薪煮盐，木材短缺后才撮黄土搅拌煤煎盐。从先秦盐业兴盛以来，宁厂古镇因盐设立监、州、县，明清时成为全国十大盐都之一，声名远播。而朝廷所设职官，历代不一，高低不等，最高时竟高至郡守品秩，可见其曾经的辉光。

惜哉，囊日之盛已化云烟，以致知之者寥寥。眼前只见残垣颓墙，荒庭废院，空街冷巷，倾壁断椽。处处苍苔茵茵，白霉斑斑。踏青石，长街空应，望老镇，远古悠来。

吾来此镇，怀古钩沉之心油然而生。见此老井、盐泉、古镇、长街莫不思绪攒涌，情浪腾翻。所幸此镇尚未"开发"尚未非驴非马。盐泉入大宁河，长流如斯；文明迎面来，古朴依然。漫游小镇，如捧化石，细细品鉴，犹可听历史橐橐之步履，似可察盐业衮衮之兴衰，切可窥默默文明之演进，实可叹煌煌时代之更迭也。

崇山莽莽中，大宁河清流蜿蜒依旧，夕阳下宁厂古镇的倒影不断被流波摇碎，又不断借斜晖投下，如此摇碎，投下，似在较劲，角力，唯有清波汩汩。

驻足凝望空落落的长街古镇，不禁吟道：

鹿饮盐泉醉闪眸，
宁河水碧带红楼。
清溪出谷依然唤，
古镇烟消老灶秋。

辛卯秋日于无名堂

剑川石螺髻

剑川有名山，曰石宝山。其所得名，盖缘山中之巨石。巨石奇特，故有"石宝"之谓。巨石之形，又如大钟倒扣，故此山又号石钟山。巨石赭红，通体龟纹，曲线交织，灵动自如，方棱圆扁，纵横多姿，凸凹有致，耐观耐察耐寻耐品。人立于前，无不意象浮动，奇幻联翩。异石，质本丹霞，乃天成。醇化沉稳，沧桑内蕴，大气天来，浑然圆融。老山野旷，民风粗率，原呼其石谓"馒头石"。民以食为天，名也符实。然斯文不载俗名。史志多以"石宝山""石钟山"冠之。故而雅名流布，或"石宝"，或"石钟"，古今以为其名。

佛教植入南诏，时值唐武宗之际。据考，其途有三：一为中原汉传，一为吐蕃藏传，一为印度密宗。其中，尤以西来印度之阿吒力教为甚。阿吒力者，瑜伽密宗地也。何者捷足，先登石宝山，惜已湮没无稽。然其择此地为建寺凿窟之所在者，堪称先知，不愧高僧，实乃大德，可谓匠心也。能独具法眼，洞明石宝之神奇，巧借天然之绝美，缘化为佛法之灵应。将此天造地设之石头，从释家观其义有二：一此乃大石，而阿育王当年藏八万四千佛舍利，便以大石为基，上建阿育王塔，以之藏宝。故大石者，以佛舍利同义，有此大石，便象征佛舍利；二，将此大石之形，阐解为佛祖之螺髻。以其宝相传布义蕴，招徕信众，广结善缘。实为高招。自此两义观，剑川建寺凿窟，首赢奠基选址之妙。

细奴逻创大蒙，继建南诏，至异牟寻已历六代，可谓国祚巩固，仓廪充盈，朝野同心，物阜民丰也。剑川石窟纳"细奴逻及其嫔妃""逻阁凤出巡""异牟寻议政"等世俗南诏权贵入神龛，与佛同列，共沐香火，享顶礼膜拜之尊，亦为妙着。佛家不囿于佛性至纯，任峨冠华服达贵丽人升座入圣，貌似纡尊降贵，向王权让步，实乃化他权为我用，以退为进也。于是，王公贵胄皆入流，再得上达治权之利也。

石窟第八有一奇，堪为天下绝。即佛龛宝莲座中端供"阿姎白"。"阿"者类北人曰"老"，白族语昵称也。如"阿鹏"，"阿花"；"姎"女人自称。通"娘"；"白"则为白语"尻"之发音，见诸文字讹传为"白"。此处之"女人"非未字之"姑娘"，而特指已产子之"女人"，故此"尻"亦为生产力盛旺之"尻"。"阿姎白"则为能生子之尻也。以色空标榜之佛家，公然供奉此物，当为天下一绝。其理何在？滋生人口，繁衍族类，为民之首要。夫子有言"食色性也"。食为民之天，无食则无民，乃生之第一；色为民之地，无色民无继，亦为生之根本。南诏之民率性，俗无礼教羁绊，且求子以续香烟，迄今使然。故以"阿姎白"入龛，实为以广信徒也。而阿吒力密教原本有印度性力派之渊源。始能纳"阿姎白"入其神供也。龛侧有联，曰"广集化生露，大开方便门"，可谓神来之笔，实乃俗可迎庶众之好，雅可博韵士之彩，尤为难得在其中又可悟佛法之禅意。此物升座，与佛享供，旨在采庶众之俗，以积善德，以徕信众，以广佛缘，以弘佛法。如此者，可奏广拓佛之土，深植寺之根之功也。

佛龛中又有彰显传佛使者之梵僧及波斯人，剑川石窟之博采广纳就更具典型。一教之传，一寺之建，一法之布，一窟之凿，实乃销内外之障，集上下之力，得朝野之助，适雅俗之好之大成。绝非偶像之群、石窟之列、佛龛之尊、风物之胜，乃谋篇之远、布局之周、任事之精、务实之切之生生化境也。

细雨霏霏，烟云悠悠，石螺髻清晰、澄净、明澈、静谧，如释氏之沉思，肃穆、静观、淡定。石旁一树花，岸然高立，淡淡幽蓝，雅致，清丽，超然，不似菩提，而圣洁，空灵。花，不知其名，然与石螺髻为伍，亦有佛性焉。

即得小诗，或可赞曰：

南诏佛龛开，
大千方便来。
能通灵石性，
何处不莲台。

辛卯孟夏于无名堂

山野考察篇

61

春消息

手机几乎人人有，可照相，可录音，再借助网络，可广事传布。一传十，十传百，百传千，以致无数。于是，网上照片多，录音多。良莠俱陈，中西融汇，男女无别，老少咸宜。可谓摄影者芸芸，编辑者芸芸。湖光山色，楼台亭榭，月下花前，帅哥靓女，其姣姣者堪称美轮美奂，不胜枚举。大美共享之情，人皆有之。其中，拍摄春花者，尤为骄人。有一树嫣然，有满山烂漫，有一谷清幽，有风姿带露。不少用微距镜头特写者，纤发毕现，清灵活脱，状裸眼所不逮之精妙，展常态所难窥之幽微。再配以名曲美声，真乃曼妙仙境也。

何也？盖因形象之高低远近，大小方圆，宽窄长短，曲直胖瘦及其想配伍之林林总总色调色光色温色谱，一句话，凡可视者，有空间位置者，皆可以数（0 与 1 的无限排列组合）编码化之。声音亦然，强弱高低，快慢急缓，婉约平直，空灵悠远，及其想配伍之万千音色音质音量音频，概言之，凡可听者，有时间量度者，亦可数码化之。而形象之连贯、运动，音响之旋转、律动，即成动画，即成乐曲。动画与乐曲加之情（情感、情韵）与节（节律、故事）便组成了音像或影音。当从编码，到传输，到解码全过程，其技术足够高效、迅捷，那么，网上传布任何音视频，都将成为现实。凡实体之形、音，一经数码化，旋即由实体转成虚拟。即有了生成之编码，编码后的传输，接收后的解码信息传布全过程。有微处理器，加之外周的音像录放系统，借助卫星定位传输，即可完成上述信息从采集到编码，到传输，到接收，到解码的全过程。这一看起来极为复杂的所谓高科技过程，人皆有之的小小手机，更有甚者，"谷歌眼镜"之类穿戴式设备已经投放市场，都可轻易办到。

一方面是音像等数码以及卫星传输类科技的日益新高，日益推进。其泛，其广，其深，其精都前所未有，且势头雄健；另一方面，则是这些所谓高科技在非音像仍一筹莫展，毫无建树。甚至，不仅谈不上什么建树，可以说，完全不作为。譬如，面对人们无时无刻离不开且又及其丰富的味之界，这些在音像方面身手不凡的多媒体技术完全失位。所谓味之界两大类：气之味，鼻嗅可感知，嗅觉是也；食之味，口舌可尝之。味觉是也。另外物之质感，诸如：粗细、冷热、干湿、滑涩、糙润、温凉、软硬、柔僵等等，数码技术亦告无奈。之所以如此，数码能化者音频，视频也，而无法化人之体验！

所谓体验，先得有引起体验之外物，或曰心理学所谓"刺激"。如花之香乃外物，刺激也。嗅可觉也。此"觉"乃

"觉察"，非"觉悟"。此二者有别。"觉察"倘用心理学之话说，应为"感觉"，是感官的事，即鼻子可嗅也。而"觉悟"则非仅感官了，先由感官感知，再到"知觉"。这就得动用经验储存了。譬如，会嗅到香，但不知是花，或知是花，而不知为何花。能区别花与非花，继而，能此花非彼花，俱因曾经有此体验。即经验中有储存，故而才能提取，检索。这才能完成"觉"而"悟"之。一句话，没有主体经验，单有外物刺激，是无法完成体验的。而主体之经验一则因人而异，二则即便为同一人，亦因情、因境、因时而变。譬如，未感冒，嗅觉就灵，感冒鼻塞，就嗅不到香臭。再如，身怀六甲者，嗅觉、味觉等都异于未孕。再有，未戒烟者觉烟香，一旦戒烟，尤为反感烟味。例子很多，不胜枚举。总之，将主体之经验数码化之，几乎等同于数码化思维，难，太难。

有诗曰："尽日寻春不见春"，靠数码技术寻春，有其畅，其长为其余表现手段所不逮，然其不见春处亦是其短。而其短亦是致命之短。其短，短在难逮春之气息也。春之气息无岁不届，且无处不在。寻春不见春，其不见就在难反映春之气息！春之气息乃春到，春欣，春满，春去之消息也，即所谓春之魂也。

早春初露，料峭寒意仍浓，即有几枝红梅苞绽。楼上小园中种的梅树有好几种。腊梅、红梅、粉梅。腊梅原是瓶插的一剪梅。花谢后，不经意插在土里，那时还住楼下，就便。不料，枝条竟活了，越长越壮，年年开花。搬家时已近碗口，俨然成器。舍不得，便挖出上楼。小园不类楼下土多且厚，只得置一大缸，植于内，居然活了，年年腊月开花，花香，且花期长，可谓春信先报也。粉梅最不幸，其来也远。是大理剑川之物。一黑陶大盆，一经年老桩，迢迢数千里运来，很费了继扬贤契一番周折。花到重庆，第一个冬春之交开了几枝粉梅。虽不红艳，却鲜活，精神，且香气馥郁。但春夏之交，枝干里生了虫，渐次萎靡，终于没熬过山城酷暑，连老桩头也腐了。大理，重庆，毕竟两重天，老树适应不了。红梅则是本地种，且是半大时移植。自种到楼上小园盆中，便未开过花。迄今，已届十年。似乎已然不是开花之树。谁料，今年冬春之际，枝条上缀满了骨朵，春节刚过，便渐次绽放了。花瓣层叠，花蕊针立，花香清幽，煞是鲜灵。似冥冥中亦知小迪身怀六甲，也要摇枝以迎。

春节是个坎，不仅有腊月、正月之分，而且，节前、节后所开兰花亦不同。墨兰高雅，其花箭呈深紫色，多在腊月中下旬抽箭。墨兰叶厚如剑，色呈深绿，蜡光闪烁。其花茎窜出，勃勃数条紫株，屈节有致，下苗上尖。其尖端嫩而有玄液，琼而透，晶莹珠润。花开赤紫，尖唇三裂，端圆下垂而反卷，曲蜷之黄瓣上现深紫斑点。瓣心楚楚含蕊，纯香四溢。开花时恰在春节档口。故而墨兰又称报岁兰、拜岁兰、丰岁兰等等。可谓花期正当其时也。有墨兰一盆，花开春节期间，满室香盈，辞岁迎新，以其王者之香款待亲朋至交，实乃飘逸雅致之极。难怪古往今来吾国许多大家都醉墨兰，都以之入画。拟欲将其

山野考察篇

神，其韵，其气，其香，由一时而永久，采天姿而丹青，摄灵动而一帧。尽管，大师们能"外师造化，内得心源"，兰之香，之气，之鲜活，灵韵，仍难于形之于笔墨。然如此一来，则成就了中国画中之"墨兰"一派。如虚谷写兰之卓尔不群、板桥画兰之洒脱不拘、老缶笔下兰之简约凝练、白石挥毫之兰之老辣苍劲等等，不一而足。以至于看一画家画墨兰，可观其修为，知其识见，读其涵养，量其人品。

兰花最寻常的曰"兰草"，又叫"草草兰"。之所以以"草"，名"兰"，盖因其生命力强，易得活，易开花。一个"草"字，顿时让雅室之兰惠及市井，有了股子亲民味。事实上，寻常中国百姓亦爱兰，亦养兰。而且，所谓"草草兰"，其花多开在春节后，平添了一股节日喜庆。故而，又得雅名"春兰"。春兰分布甚广，花期长达一月。其所以如此，因其花仅一朵，供给富余也。这朵花往往藏于周遭兰叶中，不细看，难见其花。故谓之"草草兰"或"兰草"。但兰草之仅有之一朵花，则多因其馥郁香气而被觅得。循香气而觅草草兰之花朵，煞是有情趣。在落叶掩隐与兰叶蓬茂中，寻得那幽幽的一朵，再用两指拈去掩饰之败叶，悉心将出那娇嫩的一朵，这一切都得轻轻，再轻轻。否则，稍不留神，娇嫩的花瓣、花蕊就要遭损伤。倘如此，那懊恼将久久萦绕不去。而轻轻捻出花朵是种难度的体验，从隐掩的草叶树叶中，让姣姣透出，让其香了无遮拦释放，你似乎看得见袅袅香线，如丝如缕，悠悠散去。找寻匿于蓬中之花，有发现之惊喜，理兰花出乱状，如拭婴儿之口眼，让其天真毕现。此乃每岁早春之乐事也。

建兰，亦称"四季兰"，因其亦有夏、秋之季所开之兰而得名。建兰叶狭长而健，叶中脉壮挺，叶绿花亦绿，且繁，长长一箭，多有七八朵花，其香浓郁而醇正，其早春开者最美，花期长而活力强，不畏料峭春寒，适应易变之早春。吾之小园里这几种兰均有，依次顺节开来，从腊月，到正月，入二月，均有其馨，可观、可赏、可嗅、可吟，其韵之富也。

除草本之兰外，随春天飘然而至的还有两种木本的兰。一曰玉兰，二曰黄桷兰。

玉兰，别号望春、白玉兰。所谓"望春"，谓其花开之早也，当其花开，春方悄然而至，故有此名。而"白玉兰"则谓其色，色白如玉之皎洁。其实，玉兰除白玉兰外，还有紫玉兰，其色嫣紫透红，灿如朝霞。玉兰乃落叶乔木，秋天脱下叶后，待春来花谢后方生新芽。而开花时无论白玉兰、紫玉兰，枝头均不见叶，仅见婷婷绽放之花朵，映衬于春日之蓝天白云，分外绚丽。玉兰不仅清姿绰约，且有隐隐清香之气，阵阵悠来。须得凝神，方能感知。玉兰绽于早春，正是万物勃其生机，而急需好雨之际。好雨一来，天则骤变。此所谓倒春寒是也。寒风阵阵嗖嗖，冷雨沥沥凄凄。人则哆哆索索，裹于寒衣中，缩手缩脚。而此时见玉兰，则了无惧色，凌寒而放。一树树，一簇簇，一丛丛，玉朵冰清，平添一派空灵，芳洁。诗人常咏"江南杏花雨"，少有知玉兰雨的。殊不知，玉兰雨别有韵致。玉兰初绽时若雨，花朵劲挺，硬朗，似有股子倔劲，偏要此时宣示：春，是寒吓不回去的。这时细看花与雨，俱透在雨帘后的明媚春光映衬下，素洁而光鲜。玉兰在料峭中透着一股子沉静、爽气、清雅、高洁，连冷雨从上从斜飞洒过，也变得闪闪的晶莹剔透了。此时，要领略玉兰之春息，除了嗅觉，还得视觉、听觉。

黄桷兰，有写着黄角兰、黄果兰。两广、闽台、苏浙、云贵、川湘均为。北方则多盆栽。故北方人叫白兰花，而云南人因之与黄缅桂同种，称其为缅桂。也属木兰科，是含笑属之种。树类黄桷树，其干，其叶均有些相似，故四川人呼其为黄桷兰。其树高，其花白，其香浓而正，无风，馨运数百米，风来，其香可远送数里之遥。楼上小园，楼下庭院，校园草地皆植有此树。此花期之长，可达全年。不过，寒冬虽开花，但其生长极慢，花朵稀疏，其香也难嗅得。唯至春暖，东风以临，此花便欣欣向荣了。其香馥郁，无论晨昏、阴晴，都阵阵来袭。可谓盈满校园。黄桷兰花苞刚脱粗壳之际，还未展开，所谓含苞未放之际，其香则已透溢。全不类栀子花等，须待花开，方有香来。倘摘下花骨朵佩之于身，其香可持续数天，即便黄萎了，其香仍久久绕身，所谓身留其香。故而，人皆爱之。坊间亦有得卖。三两骨朵并排，穿之以针线，上结一扣；或贯之以细铁丝，端绞一环，以方便挂配。早在战国时屈原《离骚》便有"纫秋兰以为佩"的诗句。《离骚》千古经典，读者无计。然释此诗句者，多以之为，屈子尚高杰，以秋兰喻之也。而将"纫"解释为"用绳索连结"，这就大谬了。再细之绳索一套兰也不可思议。此俗巴楚同，且迄今传承。应为以针线"纫"之（那时无铁丝）；其兰，亦应是黄桷兰。此花四季均开，所以，屈子诗为"纫秋兰以为佩"。时下人配黄桷兰，倘能由其香而思此俗之由来，诗人便又活焉。

玉兰，黄桷兰俱为乔木，高大，挺拔，其花开放时，难得近观，而同为木兰科的含笑，则是常绿灌木。故而，其花盛时，因其花美、花香、花洁、花甜，常让人得以就近细观，欣而赏之。这样含笑便有了诸多别名。如：含笑美、含笑梅、山节子、白兰花、唐黄心树、香蕉花、香蕉，等等。此花瓣若复卵，长在绒绒黄褐色纤毛上，光光的，分外鲜亮，耀眼。其花，苞白而润酥，如玉脂；其香，幽远而静穆，若兰馨。含笑喜阳，嫣嫣然，若葵向日，绰绰尔，似柳临风。其香袭来，香中丝丝甜味，如香蕉，如姜花，让人心仪神遐。

自早春向仲春过渡之际，高大的香樟树开花了。香樟之得名，多以为因其木质饱含香樟油之故，少有因花香亦是其得名"香"之故。早春二月其花香清逸，整个校园幽幽浸在其中。倘如，恰逢一阵春风沙沙袭来，和风中渗透樟花之馨逸。不仅户外，即是在楼内、教室里，亦能感到从门窗外飘来的靸靸之气。人但觉其香，不察为何香。俱因香樟树高大，其花绽在枝头树梢，且小而密，人在远处全然看不见。即便来至树下，因枝繁叶茂，亦难为人所见。故而，人多不识。唯其盛时已过，自树上渺无声息，随风坠落，碎碎铺了一地，拾起细看，小花

山野考察篇

五瓣，中有花蕊。花在树上时，色嫩娇黄，落地后则色渐深，虽呈衰象，已有些许棕色，仍有余香。但不识者，仍难将其与满园之香溢联想在一起。

来自木本的香，除花之外，还有早春的香椿。香椿者则是以其嫩芽而得香名。光光的枝干稍上，新绽之芽，脱颖挺拔，紫赤鲜嫩，格外诱人。香椿乃时令之鲜品，故坊间有以其春早而发，以之为发财之吉祥物，故爱采撷食之。又有因其应春而发，寓意春种之义，遂使之又得"助孕素"之美称。其所以如此，盖因香椿之香，是在其所含之香椿素上。所谓香椿素者，挥发性芳香族类之有机物也。嗅其香可收增食欲、健脾胃之功效。其所含之维 E 及芳香性性激素，则可滋阴补阳乃至助孕了。可见风俗有理也。香椿因其香为人喜好，而其香显露，不在树上，而在自树上掰下，捧在手里后，方知其奇香四溢。倘再细细切碎，其香更甚。打鸡蛋三五枚，若有鹅蛋更好，鹅蛋个大，二枚即可，将切碎之香椿芽调入，放少许盐，调匀，摊入油锅里，中火煎至酥黄，此时之香椿香方尽现风采，咬一口，香喷脑门。真乃香入口腹也。难怪有宋一代，大食客苏轼为之赋，其《春菜》中有句赞曰："岂如吾蜀富冬蔬，霜叶露芽寒更。"其所颂赞之"露芽"，即谓香椿。坡公本川人，其言是有体会的："椿木实而叶香可啖。"公知美食，诚哉斯言！

田野之香，最常见者则是葫豆花与油菜花。葫豆花早，农历正月自二月初花就开了。其花青紫幽蓝，香气郁郁，顺风尤浓，清纯中杂有丝丝野草新鲜味。一畦一畦，一垄一垄，蓝花荤荤，迎风摇摆，香随风运。其景美，其香甜。葫豆，又名蚕豆，大概其名因葫豆嘴上之黑眉而来。又叫佛豆，这许是因四川多种此物，而四川话中"葫"与"佛"音转所致。继而，因"佛豆"又转义为"罗汉豆"。"罗汉豆"则因鲁迅《社戏》中写了偷"六一公公"的"罗汉豆"风传。究其源"葫豆"来自"胡豆"，不仅因音同，更因其来自西域。宋《太平御览》有记，此豆乃汉武之际，张骞使西域所带回。四川种得尤多。故一到葫豆花开之季，其紫蓝豆花，如千万飞蝶，翩翩而至，山野俱蓝；其淡雅花香，随春风飘送，心脾皆沁也。

就花而论，恐怕任何花也不及油菜花覆盖广，色泽艳，花期长了。此花一开，漫山遍野，绚烂辉煌，彩光飞扬了。自南而北，由西向东，无论低海拔之海滨或高海拔之雪域，俱有金灿灿的油菜花。因其分布广，适应性强，集食用与观赏于一体，各地皆喜栽培。故而其花期极长。其花开，足足历时大半年之久。海南、台湾，菜花冬至前即已染黄，而青海的门源、藏东的林芝，则在盛夏六月、七月，亦可摄皑皑雪峰下之金色菜花田之艳照。

油菜花丛生，簇生，茎叶绿而花卉黄。花翼四张，展开呈十字，其花片薄如蝉翼，色黄亮而嫩鲜黄。绿茎丛丛，黄花闪闪，下敷清流沃土村社，上衬红日蓝天白云，分外亮丽鲜明，由不得人不瞩目。

山野考察篇

71

油菜花多连片连片，为利其扬花授粉。故而极有气势。盛况炫目。油菜花自古盛于四川。仲春的四川，无论川西的平坝，或川东的丘陵，扑面而来是黄灿灿，金色片片，阡陌相连。或大田，鲜色衬云端，或梯田，明媚蜿蜒层叠，美柔曲线，一弯一弯，把黄彩炫烂上天。油菜花浓而郁，清香中有些许闷。深深吸一口，肺腑里充满清新。菜花寻常，却又大美。总引诗人吟咏。吟诗太多，且引几首：

唐有刘禹锡《再游玄都观》：

百亩庭中半是苔，

桃花净尽菜花开；

种桃道士归何处，

前度刘郎今又来。

其诗脍炙人口，传诵者众。"刘郎又来"，甚至"刘郎"，已成典故。如宋刘过之《水龙吟》，咏及油菜花时便用此典"读罢离骚，酒香犹在，觉人间小。任菜花葵麦，刘郎去后，桃开处、春多少。"如说以上所吟还是文人唱诵，那么，宋杨万里之《宿新市徐公店》便是童蒙唱诵，朗朗上口之佳句，"篱落疏疏一径深，树头花落未成阴。儿童急走追黄蝶，飞入菜花无处寻。"

此诗为多部蒙学或小学教材收入。其诗清新扑面，画面鲜活，尤其"儿童急走追黄蝶，飞入菜花无处寻"可谓咏菜花诗之绝唱。儿童追黄蝶，黄蝶入菜花，蝶之色花也，花之动蝶也，其句白描，朴实无华，但清丽宜人。韵味隽永，闭目可见菜花连片，花香盈虚。

金银花，名副其实。其花开双色，一黄一白。黄者金黄；白者银白。其花钻出层层密密的藤蔓，婷婷立于蜷曲的蔓尖，阳光下熠熠生彩。风一来摇曳轻摆，如千万只金银唢呐把春曲奏鸣。其香，郁郁的，有些醉人，便向四面八方播散。藤蘡蔓之芊芊，曲曲；金银花之婷婷，颤颤，俱立于阑珊，别有韵致，使单调乏味的横竖线条，平添了无尽变化，曲线蜿蜒，疏密错落，高低伸展，动静虚实，不再一览无遗了。

鸢尾花学名，因法国印象派大家梵高的一幅《鸢尾花》拍出天价而广为人知。之所以如此，许是因此花属百合目，而金百合花为法兰西王室，尤其是路易王所喜，故画家画了"鸢尾花"，便切中"主流价值"。此花重庆本地叫"扁竹根"，或"铁扁担"。这名不同，感觉便迥异。"鸢尾花"，让人觉着高雅、洋气、富贵、前卫；而"扁竹根""铁扁担"则让人觉得土俗、山野、命贱、传统。而这两者竟是一回事！雨水刚过，此花便幽幽地绽开，茎叶绿而翠，花则蓝而幽。清明时节便就盛开，多时，遍山遍野殷殷地蓝。节令当雨，纷纷扬扬的清明雨中，挂露莹莹的蓝绢，楚楚的，格外可人。本是祭奠时节，在山野、墓地此花尤盛。真乃天物应人！近闻，此花还有

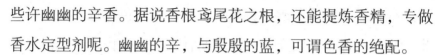

些许幽幽的辛香。据说香根鸢尾花之根，还能提炼香精，专做香水定型剂呢。幽幽的辛，与殷殷的蓝，可谓色香的绝配。

此花在高原便叫马兰花，又叫马蔺，散落在茫茫草原上，蓝蓝的，幽幽的，上映蓝天、白云、红日，以及远处的皑皑雪山，下衬绿草、白羊、云帐以及弯弯的清流，格外抢眼。登时，让山丘园林的鸢尾花，生出些大野之美。

小园里有树蜜橘，长在大瓦盆里。盆已够大，其径，足有一米，高亦近60公分，但对一颗蜜橘而论，则嫌局促。好在多施肥，聊可以补。橘花仲春开，花小而白，雨中，风中，阳光中，小小白花都素雅，皎洁。雨中之洁，挂雨珠，带露水，似玉，那润，那爽，那嫩，那净，耐得住细细看；风中之白，熠熠白光，微微炫彩，须定睛注目凝神方可聚焦，其动而韵生，清姿可人；阳光中的花，透着光晕，折射些许斑斓，其洁更添一种柔美，娇妩，分外楚楚。而开花之季，无论雨中，风中，阳光中，蜜橘花都挥散着馥郁的香气，其香颇复杂，浓烈而幽闷，但特色显著，越纹，越想闻。小园的蜜橘不仅开花，秋来还结实。初秋青果，随霜至而红黄。今岁春节，其橙红已熟透，直到大年初五才采撷。一人摘一颗，正好四颗，太巧！留在树上熟透的果，且是自家的，那味，不摆了。

另一种更浓郁，闷人的白花，叫女贞子花。女贞子又名水蜡树，或冬青。因其果为浆果，长圆形，一侧稍凸起，熟时蓝而黑，干透果壳爆裂，蹦出种粒。故而四川话呼之为"爆格蚤"。

校园里女贞子极多。无论路旁道侧，或园林围栏，俱有此树。一过雨水，便满处开放。一串串，一团团，乳白色的小碎花格外繁茂。此花更惹人注目的，不仅在其形，更在其嗅。芳香，浓烈，郁闷，不是你要闻，而是要你闻。有事无事，直往鼻孔里钻。甚至，未见其花，已觉其香。在屋内、车里都能感到它执拗地存在。此花之香，常常致人犯"花粉热"之类过敏性疾病。春来万物生，因一物而引另一物，丝丝入扣，环环相因，生生不已，便是天地之大德也。

除开高大的木本、栽培的园林外，更有春来的林林总总野菜、野花，是春之生物。譬如其花如草莓花般的白色小球花之五疋风。其名得之其叶，总是五疋一柄，花香而淡，但清香；又如，同为小球花的蒲公英，满山遍野，垄头地角皆是。金灿灿，黄澄澄，有股子苦涩的寒香。倘花谢，便成了白色的小绒球，圆圆的，随风摇曳。待熟透，风在一吹，便如千万小伞，四下飘散。将生命播洒。开黄色小花的还有兔儿菜、空筒菜、苦苣菜，等等。虽都是菊科的花，但却都是春花。其星星点点随处可见，且均以菊科特有之清香装点春天。

春天不仅有和风丽日，亦有冷雨阴霾，但春天就是春天，即便冷雨飕飕，阴霾郁郁，嫩绿的新，不同于盛夏的翠，更不同于秋日的苍与冬日的黛。春有春色，更有春息。无论朝暮，或是阴晴，无论在庭园，或是在山野，随处可观，可嗅，可触，可悟，可觉。不是你在感觉春之息，而是春之息围你，裹

山野考察篇

你，煨你，浸你。这一切是无处不在，无时不在的。用相机、录音、摄像等等捕捉春之息，其所用之科技含量高，其所得亦是一种工巧之美，其所获更能极方便存储、检索、加工、传输，甚至，这一切都在云计算中进行。但人工的、机巧的、替代的，毕竟是有限的。技术摄美，是肢解的美，切割的趣，扭曲的情。无体验，便无颖悟，便无鲜活的美。人造的美，在天然的美之前，就像电灯在太阳面前。尽管，电灯可以炫耀是科技，是产业，是营销等等，而太阳就是太阳，依赖人吗？而且，这类科技的创造一旦广为流布，其可怕之处在于：人对科技依赖愈增，其自身对自然领悟愈退。倘如此，这个代价也就太大了！对人家创造的依赖，使人牺牲了自己对春之鲜活的体悟，其实质是，自己的发现、探索、观察、灵动之生发，不再发育，成长了，只是欣赏和传播人家的东西。而教育的根本在人自身的发展，而非仅习得人以外的东西，就像学会用计算器，不能放弃心算能力，学会驾驶汽车，不能替代自己的健步一样。倘那样，便是得不偿失的。记得西谚有言："人一思考，上帝就发笑。"斯言不谬也！

春来了，春之息来了，来得快，也走得快。要细细体悟，慢慢品味。总那么匆匆，何苦呢？

甲午小暑于无名堂

芙蓉鸡

保山美食有一绝，知之者罕。

剑川赵君，白族，居保山久，此地胜物美食稔熟。尚在渝，便数次电话邀我，极赞此物，可谓久仰。

辛卯三月二十三余一行抵保山。是日晚赵君设宴，有缘得见。饭店位于闹市，寻常外貌，极佳美食，既不挂牌，亦不入谱，只卖熟稔食客，且必于三日前预订。其所以如此，盖因此物炮制所需，非吊诡，卖关子，弄玄虚，吊胃口也。此外，亦因此物涉嫌"毒品"，故不事张扬。

佳肴未上桌，奇香先入，随一砂锅端来，虽隔盖，已见一缕热气氤氲，其香彰也。盖揭，白气顿漫，其香盈室。稍淡，一鸡卷曲，黄中透白，似玉酥软，杂几粒枸杞，更显红艳。色香已备，食欲顿勾。赵君以手掩口，悄声告我，"鸦片鸡也"。此时报上其名，大有边鼓敲罢，主角亮相之感。

此鸡入口，其味与其名、其色、其形、其香相符，只有过之而无不及。其鲜，其美，由口而舌，渐深渐厚渐醇渐长，上至脑门，下沁心脾，由肠胃而达全身，通体舒泰，前所未有之和畅，轻盈，欣快，飘悠感，无言以表。朵颐，绝佳至美，体悟，刻骨铭心。食者，无不啧啧叫绝，不仅因从未领略，更兼其味实在耐品，鲜香回味无穷。快朵颐而为美食，鸦片烹饪之妙吾今领略也。至此，实难与曩所知其狰狞相涉。"鸦片鸡"之名，不符其实，当改。

南朝华阳真人陶弘景在其《仙方注》中记："断肠草不可知。其花美好，名芙蓉花。"故唐时称此物为"阿芙蓉"。其说源自阿拉伯语 Afyum，英文对应转写 opium，前者音类"阿芙蓉"，后者音类"鸦片"。太白有诗曰："昔作芙蓉花，今为断肠草。以色事他人，能得几时好。"以妓喻阿芙蓉，其色其美其性其果，皆可省也。然单就名论，"阿芙蓉"美其外，而纯其内；"鸦片"，则内外俱以人恶丑畸陋之感。故此鸡若名"鸦片鸡"，未食而先败胃，恶名恶心也，莫若称其为"芙蓉鸡"，美名抢滩，先声夺人也。赵君称食芙蓉鸡，一年两度，食后，可收调养之功，通体和畅，诸病不染。远换季之虞。滇西与缅甸、老挝等处热带，罂粟生此地，得天时地利。邑人食之，乃以本地之特产，调本地人之身心，人与物之天时，地利。人和之最佳顺应也，此乃道也。

鸦片恶名昭著，乃因吸食。"大烟"者，吞云吐雾是也。于是有烟枪、烟灯、烟盒、烟签之类烟具。抽大烟被目为"享福""作乐"，故而烟具也常以象牙、珠宝、金银等精雕细作，以供吸食时把玩。自清中期后，抽大烟之恶习滥觞。吸食者日盛，故而，东印度公司等洋商乘隙大贩洋烟，以套白银，终酿成以鸦片为名之大战。从此，世人尽知，吸食鸦片祸国殃民。

云南素以产鸦片著称，"云土"是也。普种之物，现已罕见，邻邦缅甸却仍盛产。鸦片旧以吸食，早"落伍"，各色现代毒品自鸦片出，或注射，或吸食，或吞服，或提纯，或混合，花样翻新，名目繁多，非内行，专业无以置喙。大有"与时俱进"之势。然为美食之鸦片，仍保有"芙蓉鸡"之绝佳菜肴。此为美食在境内极罕，在境外，如缅甸等则还可得见。此物炮制不易。先得选一龄母鸡，饿一日，仅喂清水，洗其肠胃，次日填以烟土，再喂清水。杀时，不使血流，褪毛后，整鸡置入砂锅。其后将砂锅埋入土坑，以木炭文火，加佐料闷三时辰。此乃，在保山食此物需预定之由。

然鸦片为烟，其兴也晚。为药，为美食，早在吸食之前。药用之多，或治病，或镇痛，或麻醉，或滋补；为美食，如鱼饼，如佛粥，如芙蓉鸡。一朝以之为毒，其自然之利荡然，道之尽失，本为善物，转瞬为恶。其罪何在？究其根本，不在物，而在人，在用物之人。鸦片者，本物也，可为美食，可做良药，何罪之有？罪在以之为毒，凡物必有用，有用必有度，人用物失度而罪物，焉有此理？譬如食色，俱有用有益，但凡失度反伤其身也。

《旧唐书·西戎列传》载唐高宗乾封二年（667年）"拂菻王波多力"遣使来贡"献底也伽"，"拂菻"，拜占庭也，

"底也伽"，含鸦片之蜜汁药丸也。可见，鸦片为宝，故遣使贡之。《明会典》载暹罗，爪哇，傍葛赖（马六甲）均产鸦片，以之为"贡物"献明庭。其中，暹罗一次便贡300斤。显然，鸦片仍为宝。清初，鸦片仍为药，入口征税，每百斤征银三两。康熙朝年入二万斤，然至鸦片战争前，已达四百万斤。其由有二：一改服食为烟，变药为主而吸毒为主；二换药商为奸商，尤以外洋大奸商为主。前者，吸食者剧增，销大，市大，量大，势大；后者，产大，运大，贩大，利大。出大者，伤大清之国本，入大者，富英伦之岁赋。势若水火，终酿大战。何以，为善，为罕，为药，为宝之物一变为恶，为害，为毒，为魔？继而，国祚动摇，生灵涂炭？物之药与毒之易，源自人性之度失也。故人性之甦，可致毒品之为良药，为美食也。

"芙蓉鸡"食之有味。

遂得诗一首《芙蓉鸡》：

浊水久污名，
天生物失称。
芙蓉鸡细品，
君可识红罂。

辛卯春日于无名堂

卧佛寺青鱼

保山隆阳大西山下有名刹曰"卧佛寺"。始建于唐开元四年 (716 年)。亦有他说曰东汉明帝永昌建郡之际（58—75 年），然已不可考也。开元说则有滇西名士李根源所提寺碑证焉。

西南多溶岩，大西山能建卧佛寺，亦因溶岩而来。先有洞而后有寺，洞却因寺而名。洞因先有，而在寺后。明季徐霞客游此，并有文记之："盖一洞而分内外两重，又分上下两重，始觉其奇也。"

洞底有暗河，可直通怒江。平时为清泉，汩汩而出，可视，可亲，可饮，可濯。流至寺外，聚为清波一泓，映青山，影绿柳，栖翠鸟，伏游鱼。怒时则为洪涛，咆哮奔涌，可怖，可畏，可震，可慑。骇洞窟，卷浊浪，撞绝壁，坏良田。卧佛由来，即有与此有关之传说。坊间有一傣族货郎，常走乡串寨，与乡人亲和。水怒时，正至此地，突见恶浪涌突，万顷沃野将为泽国，情急中，毅然而卧，以身阻流，故四乡得救也。邑人感念，遂集资建寺，以卧佛而树货郎，缘货郎乃卧佛之化身。从此，卧佛寺即为保山名胜。1961年时任缅甸国总理吴努曾偕夫人莅临。

然此庙难逃文革，寺与卧佛均毁于一旦。近年寺庙重建，幸得缅甸华侨，赠送丈八汉白玉卧佛，重逾万斤，精工细作，号称国内之冠。故得赵朴初为之题书"云岩卧佛"。此庙香火又盛。

暗河之泉清清，汇而为池，池阔亩余，碧波粼粼，清澈如镜。水中青鱼尾尾，悠悠然，恬恬然，欣欣然，喁喁然，穿梭游弋，聚散自如，此鱼四须，为寺中一绝耳。更有奇者，邑人游客皆知，池中青鱼善磕葵瓜子！故来寺之人多携此物。瓜子投水，青鱼顿聚，喁喁嗫之，转瞬遁去，兜圈环绕，上下摆尾。少顷，瓜子皮漂漂，随波浪流，而瓜仁则为之食也。于是，又逐瓜子投处，噙而又去，又吐，又皮漂，又吞仁。如此往复，围观者众，无不叹绝。

寺中清池，常有信徒来此放生，而放生之鱼，多为锦鲤，色彩鲜亮，与青鱼迥异。看其行悠游潜没，散聚自为，似无二致。然放生之鱼皆不会嗑瓜子。亦不聚抢所投瓜子，悠游于群鱼之外。

鱼之类人之技，如嗑瓜子，是生而知之？是教而习之？若生知，青鱼与他鱼何异？若教知，放生之鱼如何又不会？观乎此鱼，真如邑人言，卧佛鱼有灵焉？观此鱼，岂止闹热乎？

辛卯夏日于无名堂

巨柏

藏地奇，世人尽知。知其有世界之巅，珠穆朗玛峰；知其有寰宇之深，雅鲁藏布江大峡谷。藏东林芝有巨柏，则知之者远不及前两者。

壬辰仲夏，余与小琴、江华、立松至林芝，有缘一瞻巨柏风采。巨柏者，又名雅鲁藏布江柏木，唯西藏特有。顺雅鲁藏布江和尼洋河下游，海拔在 3000—3400 米之河谷坡地均有生长。余一行所见之巨柏林，为其最大、最老、最密者。自 1985 年起设为巨柏自然保护区。该保护区位于林芝八一镇巴结乡境内。出八一镇，沿路东行数里，南淌尼洋河，滔滔日夜；北横比日神山，巍巍天地。数百高达 50 余米之千年古柏，郁郁苍苍，傲然散立一坡。下主道北向，数十丈开外，则为园区大门。面门左侧，汩汩水响，有山涧出山。入园正面，拾级而上，仰首扑面，中央立一巨柏。它高达 50 多米，直径逾 6 米，其冠高张，立树前，难以尽收。有高原骄阳投下，其荫竟达亩余。巨柏之龄，据测，已逾 2600 多年。乃吾国所生长繁

山野考察篇

衍之柏科树种中树龄最长、胸径最大之巨树。其余巨柏分布北坡，虽未及 2600 岁，其"年轻"者亦均在 20000 龄以上，苍劲勃郁，蔚为大观。

余诣树下，遇学子游客十余，其少男少女正联手围环，以图抱最粗之树一周。所聚学子凡十一人，全牵手围环，仅及巨柏小半圆，其顺坡之径，只坡下被学子们所围。坡上之大半均不在围。以人之小，手之短，围之限，更显树之巨、干之粗、径之壮也。而巨柏之下，粗者如腿，中者如臂，细者如腕之柏树根，凹凸者，瘿瘤光滑，隐伏者，蜿蜒蛇行。密匝周行。可惜，数尺开外，土上凝水泥，复地砖，难见其渐行渐远之势。树干三丈以上方分叉。其叉五分，以上再分，如此五龙参天，不断分衍而上，树冠下阔而上收，大约呈三级之塔形。树皮棕褐色，微显青黄。其皮纹，纵裂成条，深峻、粗细、曲直不等，自上而下，其势如瀑，间或凸凹树瘿，或深，或浅。深者黑洞，浅者青疣，形容怪状，更显巨柏之苍劲。其叶，密列而又细鳞，近审呈四棱形，似小圆柱，上裹蜡粉，背钝而有纵脊。此形迎风而不挡风，上敷之蜡既能采光而光合，又能防晒而涵水，其造物之妙，令人莞尔。此乃高原物种之特色也。置身林中，其氛，溢悠悠古柏之清香，其境，融浩浩岁月之久长。高原天瓦蓝澄明，仰观高木，衬蓝天而显圣洁；挂白云而泰超然。俯察厚土，踏泥沙而亲净土，抚老根而感沧桑。日照处，叶影透光而轻摇，背阴处，凉气借风而氤氲。吾一行顺山径，循清涧，沉浸巨柏林韵。其乐陶陶也。忽然，穿谷山风骤起，柏涛大作。先是嘈嘈远来，继而嚯嚯紧邻，再者轰轰心嘭。以前，置身松岗，曾闻松涛，其声浪澎湃壮阔，动人心魄。然此番身浸柏涛，且在山谷中，则倍感其巨柏咆哮，山谷共振，群山回荡，身心雷鸣之磅礴，浩瀚，大气。君不见，无数两千岁之巨木林，其高均在四十至五十米以上，其阔泰半一亩之余，迎风俱憾，其势，岂是他木可兴？其盛，何言他林可呈？其胜，胡谈他处可见？闻此天籁，可以净心滤尘也。

此种特色物种，雅鲁藏布江柏木，何以在尼洋河谷，雅鲁藏布江河谷，蔚然成巨木林，辄生就逾2000岁？其中之道何在哉？吾国西部高，东部低。西部之高，有大山横亘。自西而东，喀喇昆仑山、昆仑山、冈底斯山、喜马拉雅山等巨体量山脉，巍然高立，冰峰连绵，成天然屏障，阻印度洋暖流湿气从南向北，郁郁而来，至巨山高屏，泰半折返，尽泽喜马拉雅山南麓，南亚次大陆一域，以致其湿润葱茏，生机勃发，为古文明孕育之膏腴之地也。而喜马拉雅山北麓则酷暑严寒，干旱少雨，多雪域茫茫，戈壁瀚瀚，全无印度洋暖流湿润泽被。唯横断山之几条由北而南之江河及其所经河谷，尤其是雅鲁藏布江及其河谷，形成天然豁口。一面为喜马拉雅山绵延千里，至大拐子巍巍南迦巴瓦峰；另一面为念青唐古拉山如长龙奔来，至大拐子傲然立加拉白雷峰。两峰均在七千米以上，苍穹高耸，云雾缭绕，雄峙两岸，威镇南北，强扭雪浪咆哮、桀骜不驯之雅鲁藏布江万千野马，一改其自西而东流向，为从北而南喧泻。切割出一巨大马蹄形，是为大拐子也。此一拐为印度洋暖

山野考察篇

湿气流洞开一天然通道，热风裹挟，湿气源源不绝南来。故而河道两岸郁郁葱葱，绝无北麓大部严寒干旱之虞。反因其峡谷深峻，海拔落差巨大，而形成立体生态。低海拔之谷底，为热带雨林（如澜沧江河谷之西双版纳，怒江峡谷之六库，雅鲁藏布江峡谷之察隅，墨脱等等）高海拔则为雪山（如澜沧江流域之哈巴雪山、碧罗雪山，怒江峡谷之高黎贡山，雅鲁藏布江峡谷之南迦巴瓦峰与加拉白雷峰等等）。有高海拔之地阔，故而肥沃，能为巨柏林提供充足养分，生发空间；无雪域高原之严酷干旱，可四季常青，生长不已，冬夏以继。自古藏民以游牧为主，不伐大木以建永久性房舍。且又笃信佛教，将巨柏目为"神树"，顶礼膜拜有加，绝无轻慢之举，遑论妄加斧钺？更难得的是大炼钢铁之狂风未祸及雅鲁藏布江大峡谷。市场经济之乱潮波及于此，亦远较内地慢几拍。而古柏保护区设置时间乃1985年，恰好抢在乱潮卷来之前。两千余年，屡屡避灾祸，得以幸存于今，实乃奇迹。堪称得天独厚也。

自旅游业兴，此保护区又命名为"巨柏园"，以招徕游客。尤其近年林芝机场开通，林芝游客倍增。所来者无不来游此园。然而，巨柏之名，后冠"巨柏园"之谓不当。所谓"园"者，命名者"公园"之谓也，而"公园"舶来物，今以之为旅游招徕公众之意也。天生巨柏，岁月沧桑。不知比"公园"早多少！以外来而命天然，贪天之功，误导游人。且尽失巨柏之苍茫野旷之大气，大有混同于时下滥觞之人造景观之谬。再者，"园"之本意《说文》之解为"所以树果也，从口，袁声"。《玉篇》之解为"园，园圃也"。其义均为人工所用以植果木之类，房前屋后，且有栅栏，墙垣合围之场地。譬如《诗经·郑风》中之《将仲子》："将仲子兮，无踰我园，无折我树檀"之"园"便是园圃，植桑者，谓之"桑园"，植檀者，则谓"檀园"，种桃者，谓之"桃园"，种杏者，便是"杏园"，凡此种种，不一而足。然此巨柏群，则非人工所植。且迄今二千六百年。其时，堪比《诗》所流行之际。故以家居之园圃，来命大野之伟木，犹三寸金莲之绣花鞋硬套大象之足。

时下，天天有人献哈达于巨柏。大树周遭满系五彩经幡，林间空地随处垒有玛尼堆。北坡之古柏林地为藏民心中圣地，巨柏即朝圣地，拜神树，相沿成俗。顶礼膜拜，高张经幡，敬奉哈达，焚香上供，世代不衰。藏民凡来拜神树者，皆顺时针绕树三匝以求长寿。此巨柏传说为苯教开山祖师辛饶米沃齐之"生命树"也，常有信徒远道前来朝拜。

辛饶米沃齐生于古象雄韦莫隆仁，即今后藏之阿里，与释迦牟尼同时代。其所创之苯教，又称"苯波教"，"苯波"，俗称"黑教"。虽无确切创立时间，但大致与佛教所创同时，则是学界共识。苯教信奉自然崇拜，无论日、月、星、山、川、湖、树、石、牛、羊、马、禽、兽等等，俱为崇拜物。以跳神舞、祭祀、占卜、念咒、驱魔等为仪轨。转山，转经筒，绕玛尼堆，寺庙，白塔，经幡等等，公元7世纪佛教正式传入吐蕃前，西藏高原各部落普遍信仰之。朝拜巨柏为藏民普遍尊奉。

即便其所信奉其他藏传佛教流派。亦来转树，仅方向与苯教相反有别而已。藏民至诚，至纯，至真，至朴，一旦以此巨柏为神树，不仅其礼至恭，至虔，至敬，至恒；而且，其心，其情，其愿，其行，俱化为其风俗习惯，世代承袭，绝无稍许懈怠。尽是其本色所为，全无一星半点时下盛行之"作秀"。惜哉，今游客如织，日甚一日，俱来此园，一睹巨柏风采。然东施效颦绕树三匝者有之，树下做姿态，秀表情留影者有之，惊服造化神奇，唏嘘感叹者有之，其所关注重心，尽在赏其自然之奇伟。虽亦有关注于藏民祀树之多彩，但多陷于猎奇，采风，不识其与古柏与生俱来之文化之根由。倘无以巨柏为"神树"之俗，何来巨柏参天之茂？文与树互补共生，所谓依正不二是也。此即为巨柏之道也。

来林芝，有缘观巨柏，且悟巨柏之道，吾有幸也。

观此巨柏，得诗一首：

巨柏颂

长谷过风龙，
云涛越太空。
白云千岁伴，
巨柏立天穹。

壬辰暮秋于无名堂

悬空寺

辛卯暮春，阴云低垂，余一行清晨自古城发，午时许抵石宝山。至悬空宝相寺山下，嘱店家备饭，吾等即循斜径上宝相寺。时逾谷雨，纷扬细雨，仍空明温润。撑伞徐行，石板润而不滑。低洼阴湿处，苍苔绒绒，踏之有应，有柔，有韵，有怜。

拾级而上，石径循山谷蜿蜒，苍翠环抱，古木老藤龙根，曲姿横逸，虬干斑驳，与山与岩与雨与烟，融化一体。山空灵，幽深，静谧，翠碧，山谷石径，除吾一行外，更无游人，唯细雨稀疏，时闻叶尖大滴坠下，间以心律，更觉深溟，幽宁。

及至寺中，仅三座小殿耳，两三半僧半俗者，坐于殿侧卖香烛之类。见余等不类香客、游人，亦不兜售。宝相寺之"宝相"本为佛像庄严之意。因其"相"与"象"通，故有坊间传说：南诏时其王阁罗风猎于野，追大象至此而大象忽遁，踪迹全无。心知有异，目为神物。因普贤坐骑白象，特建寺以祀，故曰"宝象"。而史载悬空宝相寺则建于元季。但殿中塑像皆新造，楹联匾额文与书亦乏善类。唯正殿门上之匾额，乃雍正时人所书，文为"何处得来"，其问与此情此景此寺此时，至为妥帖，堪称禅问。其书为草书，酣畅淋漓，有山野之气，以其禅问之蕴，而溢高士之慨，可谓相得益彰也。

殿后有大岩，辐散以张，类一孔雀，翼展彩屏，青绿四射，上接天幕，浮以轻云，数百丈高岩幻虚有实，数千缕岚烟危冠飘影。屏中焦聚之宝，即为悬空宝相寺也。飞檐三重，嵌于岩中凹道宽处。凡前观，右视，左看，上仰，下窥，俱现其悬空，唯近前后看，可见其嵌于岩石之凹也。

寺旁有坐佛，观音，慈眉善目，面迎空谷，关注来路。游人香客可由石阶绕而朝之，环岩凹道徐而下之。寺中有猕猴数十，常嘻跳于此，不论树梢、巉岩、庙檐、佛头、山道、池口，均来去灵活倏忽。余至时，恰见二顽猴，跳蹦于佛座，须臾，竟攀援上佛头，抓耳挠腮，戏游无碍，公然大不敬于世尊。而佛祖全不理会，含笑睨视如常。佛不为猴戏而动，岂非木石？其法心不为之摇，法性不为之乱，法身不为之移，法相不为之变，佛有容，有度，有诚，有缘，俱可禅也。余问立松，君见其状否？

下山时雨且住，一派爽霁。但见云烟散漫，或淡或浓，或集或疏，山风摇曳，空山更灵。杜鹃啼啭，声声高亢，诚揪心，耽其声断气绝也。余不禁驻足寻声，山大林深，不见子规，待回首，却见一挂飞瀑直下，半掩宝相寺，悬空之名，又得一注也。

　　归来，余得诗一首：

雨游悬空宝相寺

细雨入空山，
清幽润我衫。
子规啼驻足，
飞瀑半云天。
聊可记也。

辛卯三月于大理

樱语

春日多变。艳阳三春，冬衣乍褪，兀地狂风骤至，阴云裹挟，气温陡降。继而风挟冷雨，呼啸天来。霎时，世界昏暗，一夜顿回三九天。昔易安有诗曰："乍暖还寒时候，最难将息"，当感自亲历。知冷暖，人可添衣减衣。草木鸟兽值天骤变，何以加减枝叶皮毛？且胎芽初绽，春蕾新鼓，又焉能回缩再孕？逢春之时，万物萌动。凡初绽，无不娇嫩纤弱，以其绒绒胎息，何以对料峭寒逼？雨打风扑，怎能摇曳无助，任其凌辱？冷雨冷风中，见鹅黄小芽，猩红微苞，娇绿柔条，反复挣扎，其嗷嗷呻吟之状，声声揪心，雨夜中实难入寐。

晨起，雨住，风亦缓。唯满地残枝败叶，混于泥水，且遭践踏，狼藉不堪，令眼前浮现夜里景象。难怪孟襄阳有问："夜来风雨声，花落知多少？"正陷目于狼藉中，猛抬头，瞥见庭中掠来一片鲜色粲然。

一棵刚及人高之小树，竟在初晴之春日下，绽得粉色盈枝。小树，新枝，粉花，嫩叶，迎春风，沐春日，带春雨，亮春光也。其精神，挺拔，清秀，净洁，格外夺目。趋前细看，原是去年不经意间手植之樱树。植时还问："得活不?"不意一年后竟然于雨劫，倒春寒之余，嫣然，悄然，卓然，纯然而放。新枝尚弱，风中纤条微摆，带初张之胎绿嫩叶，新绽之粉淡苞蕾，闪动晶晶残露，珠玑莹莹，煞是赏心怡情。此小樱何以能承受料峭？且傲然而绽，竟无一星半丝残败？新生之娇，实非所见之这般纤弱，其内蕴之力，拳拳，勃勃，郁郁，憧憧，足以激发心志，振奋神气，温暖肺腑，提运丹田。生生之力从来起自幽冥，而终呼唤风云，其势参天。

花，乃所谓"日本樱花"，孟春盛开，不及逾旬，故有日谚"樱花七日"。此花，日本本土有，中国多地亦有，世界其余地方亦有。日本人爱樱花，以其盛开之际为"樱时"，每年3月15日至4月15日定为"樱花节"。南起琉球群岛，北达北海道，因气候暖热，开花早晚，在此一月之间，此起彼伏，轮番入其"樱时"。花盛之际，日人三五成群，纷至沓来，或席地，或绕丛，或围坐，或徜徉，举壶觞而畅饮，索枯肠以和歌，俱以"花见"为赏心乐事。以此俗为"樱花祭"。细考之，日本赏樱之俗肇自平安时代（794—1192 年）。而此前，如奈良时代（710—794 年）"赏花"之谓，是谓梅花。一如隋唐之际，日本以汉为师，赏梅之俗亦源自大唐。自奈良时代转入平安时代之际，几乎与中国武则天女皇同时，日本第41代天皇——持统天皇即位。这位日本女天皇，先是嫁给自己的皇叔大海人皇子（天武天皇）为妃。其后（673 年），晋皇后。

壬申之乱时与天武天皇同在军族之中。686 年天武死后，执政事。690 年因东宫草壁皇子亡，乃即大位。此位女皇独好樱花。春日常到奈良的吉野山赏樱。"上有好者，下必甚之"，从此，春日赏樱遂兴。

至嵯峨天皇举行首次赏樱大会后，赏樱之风，民间亦兴，从而形成传统。如果说持统天皇赏樱是个人爱好，那么嵯峨天皇举国体制。于是，千年赏樱之俗于扶桑蔚然盛焉。有物之恋，再生发文之恋。

持统天皇好和歌，《万叶集》收有其所和歌："不觉春已过，薰风袅袅漫步还，翠笼香具山。往岁白衣一片片，今年又谁晒衣衫。"此歌虽似写"往岁白衣一片片，今年又谁晒衣衫"，但"薰风袅袅"中，"白衣一片片"，其意象即为"吹雪"，以状樱花之凋谢也。从此赏樱与和歌遂成雅事，接踵者川流。

如《古今集》中纪贯之所赋："山樱烂漫霞氤氲，雾底霞间芳芬。多情最是依稀见，任是一瞥也动人。"

樱开七日，绚丽灿烂，人生倏忽，譬如樱绽。如此之樱花与和歌之结合，遂铸入日本人之理念。其所谓"欲问大和魂，朝阳底下看山樱"是也。而这一"大和魂"的经典案例则是平安时代末期的武将、歌人平忠度（1144—1184 年）。

12 世纪后期（1180—1185），日本的关东的源氏与关西的平氏，两大武士集团间爆发源平之战。平氏家族大败。彻底结束了平安时代几近 400 年的统治。据《平家物语》载：1183

年平家仓惶撤离京都之时，平忠度逆难民追兵乱流，独自奋力返回京都，求见其师和歌人藤原俊成，将自己所写的和歌百余首交给了他。中度深知，抱定战死自己，此一别为诀别。死不足惜，武士本分也。然自己呕心所作的百余篇和歌，倘随之湮灭，实难心甘。身可灭，而诗必存。故当托付知音，方能识其价值，使之传世。其和歌之师，歌人藤原俊成无疑是不二人选。托付俊成后，中度虽死无憾了。

中度忧其和歌湮灭，并非无端多虑。俊成其后编撰的《千载集》中收录中度之《故乡之花》：

> 志贺旧都尽荒芜，祇有山樱开若初。

署名"佚名氏"。中度乃朝敌，故藤原俊成为收其诗，使之传世，不得已而隐其名之故。

直到后世之《新勅撰和歌集》方改作者为："萨摩守忠度"。

《平家物语》中收录萨摩守平中度所作和歌：《旅宿之花》可谓其临终绝唱：

> 旅途暮宿樱树下，今夜东道是樱花。

《平家物语》对其决死战的记述颇为悲壮。其梗概如次：平忠度骑黑马，佩金鞍，率百骑军行进。源氏之冈边六野太忠

山野考察篇

纯见其是大将军，便踏镫挥鞭，跃马趋前，问："是何人？报名！"

"自己人！"

可野太见其抬头，出露黑牙，便识得是平家的公子，遂与之交手。忠度百骑乃之乌合之众，不仅不助，反作鸟兽散。忠度无奈迎敌，迅速拔刀，把六野太在马上搋落下马，但均未伤及要害。当忠度按住六野太欲取首级时，六野太之护兵赶到，拔长刀，断忠度右臂。忠度心知不妙，便道："且慢！等我念完十遍佛！"说毕，推六野太一弓之地，然后，面西念诵："光明遍照十万世界，念佛众生摄取不舍。"

十遍经刚念完，六野太便从后袭来，取下忠度首级。六野太只知是大将军，但不知是谁，遂取箭筒，开启文袋看，见内有此《旅宿之花》和短歌。落款书忠度，方知此人乃萨摩守平忠度。显然，此歌是其诀别藤原俊成后所作。方才随身所带。中度为武士之典型，其死，其歌，其樱之恋融为一体，乃谓"大和之魂"也。对此，《平氏物语》有言："此景不胜哀愁。"

在《故乡之花》与《旅宿之花》中，樱花都是核心意象。前者，黯然神伤，凄惶离故乡，亦是故都，其往昔在乡，在都之温情，美好，惬意，舒适，均如樱开七日般，绚丽多彩；后者，孔武，神勇，征战，搏杀，亦如樱之怒绽，奔放，热烈，虽倏忽而灿烂。

理解这种败之美，即所谓"玉碎"，堪称解读日本文化之钥匙。也是，认识其后日本渐次强大中，为何藏有，并能不断发酵，最终酿致世界劫难，亦让日本自身罹受灭顶之灾的关键。

樱花，本自然物，负载了文化精神后，便不再是纯自然物了。尤其当这种所凝聚负载的文化精神，被偏执解读，过度诠释后，其异化的就不仅自然物，也异化了以之为负载体的人自身。

自平安时代渐次兴盛之赏樱之俗，渐为日本之道统。内蕴其道统的樱花，又随明治维新崛起之日本在岛外滥觞，且日见热络。以致世人皆以樱花、赏樱、樱文化为日本特色也。

就有形之物论，日本之樱花亦是舶来物。《樱大鉴》有据：樱花之物种，最早出自喜马拉雅山区，渐次南传至印度北部，北传至云南，继而长江流域，再，台湾，韩国，日本。其后，方形成独具特色之日本樱花。

除有形之物外，无形之赏樱，以致祀樱之文化、精神，俱自大陆传入日本列岛。这一传入，便是从赏樱的形而下，到祀樱的形而上的转换过程。

上溯先秦，有据可靠，庙堂即有祀樱之礼。此礼见之于《礼记·月令》："羞以含桃，先荐寝庙。"文中之"含桃"，即是樱桃之别名。

如果《礼记》所用还是别名，那么《汉书·叔孙通传》即是正名："惠帝常出游离宫，通曰：古者有春尝果，方今樱桃熟，可献，愿陛下出，因取樱桃献宗庙。上许之。诸果献由此兴。"此外，皇家园林中亦有栽培。

汉赋大家，司马相如之名篇《上林赋》中，有"于是乎卢橘夏熟，黄甘橙楱，枇杷橪柿，亭柰厚朴，梬枣杨梅，樱桃蒲陶，隐夫薁棣，答沓离支，罗乎后宫，列乎北园"之描写。显然，"樱桃"乃名木，早为皇家青睐。既祀且植，显为赏也。赏而赋之，已完成文之升华。

可见自先秦到汉，俱是以之"荐寝庙"，"献宗庙"，且以之为"先"。如果先秦至汉，祀樱尚在庙堂，衍变到唐，渐次深入士林。献樱亦成为樱桃宴。唐僖宗时，以樱桃宴来贺进士及第。五代王定保有文，《唐摭言·慈恩寺题名游赏赋杂纪》，其中便有"新进士尤重樱桃宴"之说。

再次，唐姚合《姚少监集》中有《别胡逸》诗，"记得春闱同席试，逡巡何啻十年余"之句。诗中"春闱"即春试，因唐时殿试定在四月，正当樱桃上市之际。

有祀樱，赏樱之礼俗，必催生咏樱，颂樱之诗文。

如魏晋南北朝之际有南朝之梁宣帝所撰《樱桃赋》：

素颜尝惜时，百果第一枝。珠胎宛若翡翠，玛瑙正比熟时。晨光霞蔚，樱珠露滋。歌唇点红，桃腮粉施。果丽丽耀目，条依依参差。从春风以摇摆，逐心浪而放词。独绕樱树徘徊，青眼尽付南枝。暮春花开次第，皆赖东君所司。春风大爱，天地无私。处丘壑以全身，在人境而鸟食。因争摘而陨落，为得宠献丹墀。枝疏懒蛛网挂，果靓丽蝇蠓孳。物华累于纷争，聪慧病于重韬。春风烟柳，秋月镜池。无意乎相求，不期乎至之。览物悦心，如嗅兰芝。能入此境者，多为后世师。

再如，唐时有李群玉《题樱桃》：

> 春初携酒此花间，几度临风倒玉山。
> 今日叶深黄满树，再来惆怅不能攀。

颂樱之风，一脉承之。至宋时又有范成大所作《樱桃花》：

> 借暖冲寒不用媒，匀朱匀粉最先来。
> 玉梅一见怜痴小，教向傍边自在开。

可见，在中土，早自先秦以降，赏樱之俗，渐次滥觞；赏樱之文，已成文统。尽管如此，倘因形而下之樱之物、形而上之樱之文俱为舶来，就以日本之樱之物、樱之文皆乃鹦鹉学舌，东施效颦，就失之浅薄。日本赏樱之风俗与颂樱之道统，自平安时代滥觞之日本樱之物、樱之文，都熔铸了大和民族之精神特质，使之成为日本文化之象征。从含苞，到盛开，再到飘零，樱花，粉红中透着白皙，热烈中蕴含冷艳，奔放中杂糅矜持，倏忽中追逐隽永，其瞬逝之美与执着之恋，火爆之炫与雪飘之散，达到完美之结合。

　　每当樱花盛开，日本赏樱之人常衣和服，三五成群聚于树下林中，一派节日气象。其中尤以盛装之艺伎，光彩照人。与蓝天，与白云，与阳光，与樱花，与芳草，与春意，与缤纷融为一体，极具野性与精致，奔放与恭谨，热力与冷艳，典雅与矫饰，完美地融于一体。天然浪漫的樱花与极致修饰的艺伎，可谓最经典的赏樱画图。

　　熟稔中日文化之苏曼殊，作了题为《樱花落》与《樱花桥》之七律与七绝，可谓融两种赏樱文化之精髓于一体。七律，七绝，纯粹近体格律诗，正宗中国味，而所描摹之樱花，显为日本樱花盛开之状，且作于日本，又有浓郁扶桑格调。

　　七律《樱花落》：

　　十日樱花作意开，绕花岂惜日千回？
　　昨来风雨偏相厄，谁向人天诉此哀？
　　忍见胡沙埋艳骨，休将清泪滴深杯。
　　多情漫向他年忆，一寸春心早已灰

　　七绝《樱花桥》：

　　春雨楼头尺八萧，
　　何时归看浙江潮。
　　芒鞋破钵无人识，

踏过樱花第几桥?

花虽日本之花，盛开亦在日本，赏花亦在日本，然以格律诗，以苏曼殊既有中国文脉，又有日本情缘，既有诗眼，又有禅心之笔，酣畅书来，可谓中日两种文化赏樱、颂樱之精华完美结晶。与其母之樱山村，堪称名至实归也。

此列不惟苏曼殊之樱花诗，是两大文化之长处化融之果，而应视之为任何文化都当融而合之，此融，乃为化融，各自特色，长处之平常，平等，平易，平素之化融。倘如此，既可特立独行，亦可互尊，互学，互促，互荣也。

临樱树，赏樱花，品樱诗，可也。

壬辰春撰于无名堂

山野考察篇

道行，在书外

秦公米寿也。自童蒙握管，迄今已八十余载，挥毫以伴，书道一生矣。书家胜境，多在盛年。彼时，身强气壮，精力旺健，且阅岁苍，谙世事，富学养，尽化于笔端，故书艺臻于妙境也。

而秦公之书，则弥老弥精，愈发耐品，引人驻足书前，徘徊流连。既领略碑帖之厚重，方家之正宗，书道之典雅，又栉沐文人之洒脱，高士之飘逸，诗家之空灵。其人，龙钟之态虽呈；其书，妙化之境方入。君不见《浩气长流》抗战史诗巨幅长卷之序，蚕学宫内《蚕学宫赋》横幅法书，《茅台酒赋》行草册页，以及林林总总其他中堂、条幅、对联、匾额等等，无不是秦公八秩之后手笔，无不让众人叹为观止。无论行书、行草、隶书，或是巨幅、斗方、小楷，真如江河之水，浩浩汤汤，佳品层出也。何也？神品高龄盛，书道老弥精？或曰，童子功，或曰法碑帖，或曰带书法研究生，有系统书论，云云。其谓皆以末为本，以术量道也。余谓，欲识秦公之书，道行，当在书法之外。先生自幼到老，有大气发于心，有豪气荡于胸，有傲气涵于骨，有才气成于学，有灵气兴于诗，书法老到，有书道存焉。书法者，秦公之手技也，乃其志，其情，其才，其气，所化也。即便谓之业，也即是副业耳。倘仅以书法观先生，何以识秦公？

壬辰小暑于无名堂

山野考察篇

小乌金失联

小乌金失联了!

2014 年 11 月 29 日 17 时失联了。

下午，车行三小时，刚从宜宾归来，放下行囊后正欲外出，就听见楼上小乌金呼唤。那叫声急促，密集，尖锐，我知有事，便转身上楼，到楼外庭园阳台。果然，小乌金有事，正呼救援。鸟笼中一片狼藉，底盘鸟粪成堆，食水罐倒翻，食物罐空悬，难怪小乌金呼救。可谓断水断粮，身处肮脏，饥饿难耐了。

显然，鸟笼狼藉，鸟粪堆积，是自三天前我外出后，便未清扫，而食尽水翻则是新近发生的，否则，小乌金早就闹翻天了。小乌金善鸣，且极具灵性，一听楼下门响，便主动唤人。"你好""哈罗"中英文交替，换着方引人注意。让人到其跟前。其声调有激情，而不急促；有渴求，却不忙乱。似小孩撒娇，直撞人怀。小乌金独处笼中，除馋嘴讨食外，更多的是与人交流的欲望。而食尽水翻，居处污秽，则会急叫，叫声中不是撒娇，而是呼救。让人明显地感到它的惊恐、无助。此时的小乌金便处如此状态。

见我到跟前，小乌金甜甜地叫了一声我，它早就模仿内子的声音直呼我名，故而，一见我，便大有盼来救星，见到亲人之感，叫得格外清脆，甜润。见小乌金如此狼狈，我也顿生爱怜，不自禁地应答一声。小乌金闻声斜着眼看我，蹲在横杆上，任我拾掇。我先取下底盘冲洗，然后洗鸟笼。小乌金一如既往轻快地跳来让去，配合闪避。洗净鸟笼，又将其挂在杆上，抽提笼门，伸手拿起倒在笼中的水罐。要将水罐两侧嵌入笼上之两根竹柱间，必须双手，这就得打开笼门。正当我致力装嵌水罐时，机灵的小乌金一窜，便闪出笼子，旋即，振羽高飞而去。我急放水罐，本能地伸手欲抓，却连影也未逮住。耳畔只听"噗""噗"羽扇风声，目光遥追小乌金远去飞姿，心里涌起莫名情感：既遗憾，惋惜，又释然，轻松。

小乌金扑腾飞去的身影并不迅捷，也不清灵，但它义无反顾，目不旁视，昂首向上之状却印在我的脑海中。

自小乌金来吾家，到今日它脱笼，差不多三年光景。来时，小乌金还是雏鸟，远看，全身羽毛呈黑色：近看，则黑中闪蓝，迎光时还有些发紫，熠熠生辉，呈绸缎光泽，耐看。喙尖锐，前缘略钩，全喙呈柠檬黄，晶莹闪亮。头两侧贴附桔黄色肉垂，最外缘带肉裾，可闭合。双羽下部，两胁及腹部，呈狭条状白色羽缘。脚爪生有离趾，趾甲尖而钩，前三后一，腿细而精，亦如其喙，呈柠檬黄。内子携其来家时，说是能学语，描话，便以之为"八哥"。但细看无喙根无冠，便知其为鹩哥。叫个"鹩哥"无个性，便为之取名。因其羽黑，肉垂，喙、脚爪等黄，遂取名为"小乌金"。那时的小乌金还只会喳喳、叽叽地叫，全不会说话。它的语言学习，汉语——重庆话与北京话——英语，都是来此之后才开始的。学话伊始，教它学话的我们，尽管是教师出身，却全然未教过非人类的小鸟学话。甚至，连亲耳听到小鸟说话的经历，也屈指可数。唯听说鹩哥能学话。当然，学过心理学的我们早知道"条件反射"，甚至，"工具性条件反射"。于是，就围着鸟笼，手里拈着小乌金最喜好的食物——华夫饼，我们说一句，再瞪着它，等它开口，手里的华夫饼不住地往它跟前凑，引它学话。可它，就不开口，跳来蹦去，只想啄食。而且，鬼精灵的小乌金还会耍花招，用诡计。先是将头转向别处，轻轻跳开，然后，冷不丁地一冲，乘你不备，夺食而咽。其机灵，迅捷，轻盈，让人叫绝。刚玩这把戏时，着实把内子吓了一跳。惊恐甫定，又莞尔一笑。不为小乌金之花招见气，反为之能玩名堂而笑。教小乌金学话，开始时几乎全不见成效。每教，都以把食喂给小乌金而收场。它就是不开金口！

老教不会，对积极性，实在是打击，真有些泄气。以至于怀疑，是我们教法不对路，还是小乌金不上路？

小乌金第一次说话，给我的印象太深！

那天，我照往常一样，午休后起身，正穿衣，忽听得有人叫："你好！"我顿失惊诧：楼上无人，内子在办公室，谁会像伊那样发声，叫"你好"？莫非是错觉？我定神屏息。楼上又传来"你好！"声音清脆，明亮，毫不含混，真像内子。我一下意识到：小乌金说话了！

我蹑手蹑脚上得楼来，悄悄藏身门后，隔着玻璃门看笼里的小乌金。它自在地跳来跳去，突然，站定，上下喙一下张开，明白无疑发出："你好！"准确，清楚，而且，是京话！

证实了！证实了！小乌金会说话了，会说人话了！

我忙挂电话，将喜讯传给内子。

小乌金的学习是怎样进行的？是不是也有个顿悟？不好说。但是，我们平时看似无效的教话，未必无效，小乌金什么时候学，怎样练，又咋会的，全不透明，也无法弄清，而其会了，则是事实。这就大大地鼓舞了教学者。尤其内子，在家时每天起来就去教，很快，大见成效。小乌金不仅会了京话，还会讲川话；不仅会了汉语，还会了英语；不仅会了说话，还会了唱歌。当然，毕竟是鸟，会的都是简单的句子。如"你好""哈罗""how are you""小乌金""吃饭""小乌金乖乖""小妹妹"等等。

会说了，小乌金名堂更多。它会把"你好"变着花样的叫。或短而促，或长而拖，或舒而缓，或柔而娇。抑扬顿挫，轻重缓急，宛转悠扬，转换自如。有自得其乐，有排遣孤寂，亦有引人注目，以及讨好卖乖。听它说话，可谓典型的"乐子"。这一来麻烦了，内子几乎每天起床即到笼前，午饭后亦

山野考察篇

107

到。更不像话的是晚上回来，小乌金已蜷下，睡了，亦要被伊"骚扰"，将其唤醒。内子抽提鸟笼门，伸手轻抚其羽，轻言"可以摸一下"时，小乌金尽管睡眼惺忪，仍乖乖地蜷成一团，任其抚弄，其神怡然，恬静，如婴孩入眠。

小乌金俨然成了家中一员。它的芳姿，它的玉音，一被摄录下并传布，亲友们乐了，不仅接纳了它，而且立马成了它的粉丝。常叫传其音像。而凡来笼前亲眼得见小乌金者，都会为之机灵、活泼、顽皮折服。小乌金太善与人交流了。它之可爱有诗为证：

题乌金

娇声讨食频，
圆眼透穿心。
善解通灵语，
依人小乌金。

小乌金爱干净，内子亦爱给它洗澡。洗时，抖动羽毛，水珠四溅，欢快异常。洗毕，站在笼里的横杆上，闪抖翅膀，时而埋头翅下，用刚洗净的黄金喙梳理羽毛，那时，它那闪耀着蓝光的惬意状，分外水灵。

每到秋天，小乌金便要换羽，掉落的羽毛都被内子拾起，一根根，一丝丝洗净，理韵，显得格外轻柔，鲜亮。内子找了个空茶叶盒子，将羽毛一根根放平，收藏好。今年春节换春联时我还为它的笼门挂了对小红灯笼，并贴了副对联：

横批：乌金礼数
上联：娇声尽送春风问
下联：俏色双飞彩凤生

装点后的鸟笼别有情致，内子将其摄下，并传上网。顿时，网上跟帖无计，很火了一把。可小乌金全不买账，不时想方设法将喙探出，撕扯，咬拽灯笼，红纸联。它觉得好玩，红色惹眼，很忙活了几日，直至将灯笼、对联扫荡殆尽。见它忙活，我们也乐了一阵。现在，笼门上还残留有些许红纸呢。

谁料想，小乌金竟展翅而去，失联了！

当我把消息电话告知内子时，她的反应竟极其平静。没抱怨，也没叹息，只是沉稳地说："飞了？飞了就飞了。就当放生了，它也得到自由了。"我本惴惴，闻言，心稍宽。内子虽未抱怨，事后她说，她知道我心里也不好受。何况，既已飞走，说又何益？

明知道小乌金飞了，可真要放下心来，安之若素，难矣！内子也不自已地表现出不习惯没有小乌金的日子。鸟笼洗净，水罐，食罐照样装水，装食，挂在笼上。然后，将笼门抽提起来，暗暗奢望，小乌金会回来！尤其内子，竟幻想有奇迹出现：小乌金能自己回来！

奇迹终归未来！

它不回来，能到哪去呢？自壬辰端午前小乌金来此，近三年了，从几个月大的雏鸟起，就是喂食，喂水。虽不自由，但在笼中则绝无受伤害之虞。首度出逃，环境是陌生的，食物，水再无现成。且无笼，也就无家可栖了。冬天的夜晚它咋度过？

不说现成的食物，恐怕连干净水也难觅得。城里都用自来水，再无水塘、稻田、小溪等水源。有的只是污水，即便找到农田，也都有化肥、农药。唉，小乌金的最初几天难了。现在的城市野生的鸟已难见，何况是这样一只被豢养长大的鸟儿！内子不时说到，早知道该训练小乌金野外生存的能力。我深知，伊在担忧出走后的小乌金。自由的背后是沉重的，现代的都市不是为小鸟建的，小乌金所面临的不再是山林，而是前所未有的、难以预料的情境。即便训练也无从下手，何况训练了，亦未必能有效应对。

内子和我每每外出，到机场都要带几块华夫饼，那是小乌金的最爱。小乌金飞了，再拿华夫饼谁吃？先前拿回家的还在。现在一看见华夫饼便想起小乌金！此外空的笼子，青花鸟食罐，小乌金先前脱落的那盒羽毛，都让人想起它来。可谓睹物思鸟也。

转念一想，与小乌金总有分手的日子，只是，这一刻是以这样的方式，且来的这样的早。不过，既要去，怎样去，何时

无名堂散文

去，又有何妨呢？佛家有言道："要放得
下"，小乌金的失联之事，真要从心里放
下，说来易，做来难。思绪来去由不得
人。说来就来，说去，还不一定。谁让它
和我们生活了这么久呢。

图3

写这段文字聊以为"要放得下"的一点儿尝试吧。

甲午菊月于无名堂

山野考察篇

喇嘛岭寺

车出林芝八一镇，往东南循尼洋河岸前行，车行三十公里左右，一路所加皆为右青山连绵，左碧水流湍。青藏的山水，大多雄浑嵯峨，格外桀骜野旷。而林芝的山水则不同于青藏绝大多数地方，显得伟岸壮阔中，透着一股子青翠秀美。故而，三十多公里的沿江观山水，竟不经意间到了尼洋河与雅鲁藏布江汇合处的岔道口。刚拐进山沟，远远就望见了喇嘛岭寺。寺庙错落有致的金顶与四围大山翠绿的松柏，在高原的阳光下交相辉映，格外吸引眼球，与前面沿江的景致绝然不同。车循山麓逐渐展开了喇嘛岭寺及其所依山势的长卷：古刹坐落于森林环绕山坳。两旁的大山显得丰腴而饱满，将古刹恰好涵育其中缝之间。寺庙，建于一片台地之上。寺院经堂和僧舍四周，各种颜色的菊花、格桑花竞相斗艳。寺院里传出的铙跋声、铃鼓声以及浑厚而又清脆的诵经声回荡在山谷。

喇嘛岭寺建于 20 世纪 30 年代末，是藏传佛教四大教派之一的宁玛派（俗称红教）的寺庙。供奉莲花生祖师。在西藏，尤其在藏东，可谓宁玛派祖庭。

车至庙前，下车后循诵经声，我们就步上青石阶。走进寺庙，即见喇嘛从小"收养"的两只灰色盘羊，脖颈戴着小铃铛，在寺院草坝上觅食。见人来亦不避让，显已习以为常。其迎接来客，全无作秀，做作之态。反让人顿觉新奇，给人一股子山野味，清新，亲切。尤其是那只小盘羊，头顶刚冒出绒绒的触角，眼睛大大的，圆睁着看人，水灵灵的，毫无惧色，既有小动物之萌，又别有一番大山清纯，格外可人。

整个寺院形状呈正四角，外底层屋檐共有二十角，第二到第三层屋檐为八角，佛殿高二十多米，内径十余米，上覆金顶，呈塔形，四面墙体分以白蓝红绿四色涂之，犹如镶嵌在青山绿水中的一颗宝石。

寺庙主供宁玛派创始人莲花生大师塑像，经堂供释迦牟尼塑像。寺内还有莲花生的践石遗迹，寺内精美的壁画也堪称藏东一绝。

早期藏传佛教宁玛教派，寺院喇嘛，包括活佛，都允许有妻室，因其创始人莲花生大师就有妻室。至今，莲花生与其两个妻子的塑像，仍供奉在拉萨大昭寺内，便是明证。而三百多年前兴盛起来的格鲁派（俗称黄教）则不允许喇嘛娶妻，清规戒律多达二百五十余条。

喇嘛岭寺隐于山中密林，云雾缭绕，鸟语花香，清心宁静，仿如世外桃源。相比起藏地的其他寺庙另有一番特色。其特色之一，便是由莲花生这一宁玛派创始人，底奠传统的对性力派的崇拜。对性力派崇拜，与对性器崇拜，既有联系，又有差异。在喇嘛岭寺，以及巴松错寺等地，直观、形象看到的是对性器官的崇拜。

这些被崇拜的，既有人造物，如木、石等雕塑成的男女性器；也有自然物，如树木的枝杈，结巴等天生自然物。更难得的是天生的大山。（如图4）

图4

以喇嘛岭寺崇拜性器为代表的宁玛派，何以形成如此传统？按照原西藏社会科学院院长、藏学专家平措次仁和著名藏学家恰白·次旦平措的看法，藏传佛教寺院供奉生殖器，与西藏原始宗教之苯教崇拜自然关系密切。也即是，苯教崇拜生殖器在先，外来传入的藏传佛教宁玛派密宗在后。是宁玛派吸收了苯教的做法，将铜、木等制的男根，供奉于寺院，以求避邪、镇妖。

两位藏学家的说法有一定道理。很多民族在其原初，都有万物有灵，以及相对应的自然物崇拜。西藏本土原生的苯教，亦有此习俗。笔者不仅在林芝，在其他地方，如甘孜、阿坝以及凉山州一些地方，亦见过不少此类实例。宁玛派之所以有性器崇拜，吸取苯教固有习俗，是其原因之一，而非全部。莲花生入藏，时在公元八世纪，应其时之藏王赤松德赞迎请，来藏区弘扬佛法。而入藏之初，即遇藏地原有之黑教反对，要与之斗法。

传说中斗法，虽已不可考，但莲花生在斗法中胜出，则可由佛教在藏地扎下根之事实证之。而明智的莲花生虽胜了斗法，却一脚踢开失败者。反之，为使藏民得以改宗，信奉正统的佛教，他适时地引入部分西藏原有信仰与传统，以之杂糅入印度佛教之中，巧妙地顺势而为，继而，赢得了信众。莲花生可谓佛教入藏，最终得以确立的大功臣。西藏的桑耶寺建立，也与他有关。他以印度传来之密宗法术——收服藏地凶神邪祟，使之归顺并立誓拥戴佛法，并与堪布菩提萨埵建立了融印、汉、藏三大风格为一体之桑耶寺。随后，教导藏族弟子学经、译经。继而，再从印度迎请无垢友等大德高僧入藏，率众弟子讲经，将其中重要的显、密经藏，转译成藏文，在此基础上，又创建显、密经藏寺院，以及密宗曼陀罗（道场），发展出出家僧团与在家修为互补的两种传教体系，从修习制度和藏传佛教经典上，底奠藏传佛教的最早基础。即解决了学习场所、传习方式、授受体制、学习内容与进阶等最基本，也是最根本的问题。

在保证佛教体系的主体传承的前提下，莲花生适时、灵活

山野考察篇

115

地吸纳了藏地原有的，对自然物崇拜的习俗。性器崇拜便是其中之一。

此外，莲花生大士，原为印度高僧，与寂护大师同学于著名的那烂陀寺。那烂陀寺建于古印度摩揭陀国王舍城东。据传是第日王专为北印度之曷罗社盘社的众比丘所建。其址在今印度的比哈尔邦巴拉贡一带。佛教史上至为重要。为规模最宏大之古印度佛教之最高学府。最盛时该寺的学僧常逾万人。八大学院，覆盖众多学科。主讲，小乘，大乘外，还兼修吠陀、因明、声明、工巧明、医方明等五明。不少大德高僧来此讲座，来此求学之大德高僧亦不少。唐季到天竺求法者，先有玄奘法师，后有义净法师。在此之后大约百年，莲花生与寂护亦到此修习。那烂陀寺周遭佛教圣迹众多。如频毗娑罗王迎见释迦牟尼处，释迦牟尼弟子没特加罗子出生地，弟子舍利子本生故里，以及其在船弟子涅槃处窣堵波等等。这些圣迹对学法者，意义极大，能使其身心震撼，可收场景情感交融之奇效。而这正是密宗最善利用天然资源。莲花生在学习时便以神通著名，得各派密宗真传，习得不少经咒、法术、仪轨等要诀。全方位的掌握经典、组织、仪轨、器物、进阶等等，对于远离本土，到异地传教，至为重要。可谓，从抽象的理念、教理，到实际的操作、践行，事无巨细，皆得到位。最高学府流派众多，高僧辈出，大师踵接，加之周遭的圣迹，为莲花生无论在教理，或在仪轨上，可谓立体的，事无巨细的作好了准备。

在宗教热土的印度，原本就有极为久远、体系健全、支脉众多的性力派教派。

印度性文化中，性力崇拜是其一大特点。其崇拜的代表是女神。在其理念中，视性，为宇宙万物间最根本的动力，是智慧及力量的集中体现。唯其通过阴阳交合、双抱双修，方能达到精神解脱和无上福乐之至高境界。为性力崇拜践行这种修炼，绝不可混同于尘世之淫乐。不仅其所主张的追求，具有更高超的意义，而且，性交方式亦有别于寻常。修行者边交媾，边念箴言，力图让使男女两性都达到至高的、完美的结合。由此，体悟以性乐而悟道。在性力派信徒眼里，性，非但不是成佛之障，反之，若修炼得法，通过性的神力最终可达成佛之必由。

在四大皆空的佛教眼里，总体而论，性与欲都当禁。但是佛教中密宗却对性有截然不同的态度：肯定性对悟道成佛的积极意义，且提倡严格师传的性修炼。甚至，可以说密宗的产生，便与性力派的影响分不开。实际上，释迦牟尼涅槃后的八百年，龙树开南天铁塔，亲从金刚萨埵受法，再传龙智，龙智传金刚智与善无畏。此后，密宗渐次成体系。故而，自其产生，便与印度婆罗门有密切关系，可谓与之结合之产物。

那烂陀寺兴盛之际，也即是密宗成气候之际。从七世纪到八世纪，逐渐壮大。莲花生在那烂陀寺修行时，可谓躬逢其盛。如何得密宗真传，尚待考证，但其已通显密，而其传世尤以密宗著名，则是显而易见的事实。佛教的修习，先显而后密。显，其所为显，即主要通过读经、诵经、讲经、释经、辩

山野考察篇

117

经等环节进行。而密，之所以为密，即因其传授私密，于密室，秘境，秘不示人的方式进行。密宗的主要经典为《大日经》《金刚顶经》《苏悉地经》；而与之相应性修炼，主要在其方法。即"密宗四部"——事部、行部、瑜伽部和无上瑜伽部上。所谓"密宗四部"即是修炼的四进阶。前三部，传至汉地，即为汉传佛教之密宗；传至日本，即为东密。无上瑜伽部则只在藏传佛教中。其中，由与婆罗门教结合而来的最大特点，在于以女性修炼"乐空双运"。

宗喀巴大师在其所著之《密宗道次第广论》中，专门阐述了事行部瑜伽有四：天瑜伽、空瑜伽、风瑜伽、念诵瑜伽，待此四法修毕，方可修习正分之无上瑜伽。宗喀巴言，此无上瑜伽乃果续之瑜伽部修法，并言修习此双身法者，一世即能成佛："……于灌顶仪轨支分中，护摩与资粮轮仪轨，及修彼时所需咒师之相、铃、杵、大小油杓、骷髅杖等，应如何持用等，皆应了知。如是由灌顶力，成为法器。善诸三昧耶（善于了知乐空不二法门之'定境'证量），闻思教义、决择修习。上者现法即能成佛，中者于余有情起中有位而得成佛，下者转生乃能成佛。"

莲花生在前，宗喀巴在后；莲花生为宁玛派祖师（红教），宗喀巴为格鲁派祖师（黄教）。与其他藏传佛教教派俱有修习之密宗阶段。能入此阶段，无上瑜伽必修。故"乐空双运"乃密宗各大派皆有，乃密宗所有宗派之根本；西藏密宗一切宗派之修行理论，及实修之法门，悉皆以此男女双修之法门，为最后境界。

密宗说：若是有人听到，通过男女合修，便可成佛的说法，而不生怀疑、反倒信奉，即是无上瑜伽法门之"正所化机"。也就是"大乘中具足最胜种性大堪能者"；唯有这样的"大乘中具足最胜种性大堪能者"，方能信受及修学此双身法，此乃密宗等"大根性者"之修学法门。

上所谓男女双身修法，既是在男女交媾之中，去体悟空性，这是以欲制欲、以染达净的修法。如果僧人没有"根器"，上师拒不传授。事实上源于印婆罗门教的"性力派"，以恣意的肉欲来侍奉并崇拜女神。其根本的观念是，"先以欲钩牵，后令人佛智"。此观念被纳入密宗的无上瑜伽，于是有明妃侍应，以双修形式，通过交媾修行而成佛，变成了无上瑜伽之男女双修。

在观念上双修与淫乐的最大区别在于，淫乐为肉欲，享乐，甚至金钱，而双修则是为成佛，圣洁，以及普渡众生；

在实践上，淫乐是性交技巧，结构功能，以及性之心理等等，而双修则是上师传授，经咒法诀，以及体悟色空之根本；

在功能上，淫乐是宣泄，是性福，或者是生育；而双修修炼，是悟空，或者是为臻佛学之最高境界。

性器之类实物。既是物之具象的载体，又是抽象出来的性文化精神之意象转化。印度教以及印度的佛教寺庙里，包括在尼泊尔加德满都（几乎全毁于 2015 年的大地震）的性雕塑，恒河两岸众多的"林伽"塑像，以及各种场所的性图像，构成了印度性实物的主体。印度，包括尼泊尔等地，有许多圣所，塑有或绘有男根、女阴及半男半女的象征物或图形。其中，最常见的，便是阳根插入女阴，即"阿尔巴"。

此阿尔巴，非寻常之交媾，乃象征神与其妻之交。古代印度人对此崇拜备至，在婚礼仪式中，赠送新婚夫妻具有性交象征意蕴之贺礼，如模拟阴茎和女阴，甚至阿尔巴，相当普遍。古印度崇奉的大神湿婆，便是至尊的生殖神，备受印度人崇拜。其所供奉湿婆，以及相应的林伽（阳根），有多种材料做成。其中，很多是极为珍贵宝物。如象牙、花岗石、金、银、水晶、圣木（老山檀、紫檀、血龙木）等等。这类作为湿婆象征物的男性生殖器模型，遍及印度，尼泊尔等地。据说多达30余万之众。"林伽"相生，圆柱状，大者有50－100厘米，可谓，雄奇，伟岸，村寨公设，常立于村社中央，供村民崇奉，以及举办仪式；家庭中亦有小型的"林伽"供于神龛，更小型的"林伽"还当作护身符，或如珠链，悬挂于脖颈，或珍藏于袋中，或系于手腕。总之，性器崇拜，即对生殖大神湿婆的崇拜，可谓无处不在，无时不在。

除了完全相生的性器崇拜外，在古印度的文化中还有大量性器的隐喻及象征物。譬如，天帝因陀罗的金刚杵，毁灭神湿婆的三叉戟，护卫神毗湿奴的坐骑金翅鸟，创世神大梵天的坐骑天鹅，以及神圣的公牛，缠颈之蛇，千头眼镜蛇，爱神迦摩手中之箭，俱为林伽之象征。

佛教入藏，尤其是莲花生为祖师的宁玛派，在接受佛教的同时，自然接受了来自印度的性力派理念，及其相关联是性器崇拜。加之，藏地原生的自然物崇拜中亦有此类崇拜，故而，两者结合就更有基础。但在大多数藏地，极难见到印度那样的"林伽"和"湿婆"塑像，却更多的转化成了壁画、唐卡、造像等等中的密宗双身像（俗称"欢喜佛"）。还有一些密宗法器，如金刚杵、金翅鸟、三叉戟等等，在一些学者眼里还将其视为性实物。由此，亦可明显然看出，其与印度性力派文化的关系。

而在藏东，如喇嘛岭寺，巴松寺等等寺庙，则能看到相生的性器，以及相关的崇拜。至今，祈求生子的人还来祭拜，得子后，还要带上孩子前来还愿。笔者在巴松寺便遇到一些求子以及还愿的人群。

性器崇拜，"乐空双运"等无论其源来自本土，或传诸印度，关键的藏传佛教的兼收并蓄，都能化为证佛悟道之用。这些无非都是途径而已，不是终极。

而这一性力崇拜，还有一非常奇特的现象：既匪夷所思，又完美结合。这边是密宗同时又崇奉苦行与禁欲。诸多山洞，石窟里的苦行僧，是从禁欲苦修的途径，来证道悟佛的。其所追求的目的，与"乐空双运"别无二致。只是一个从"乐"，另一个从"苦"罢了。就像一个圆，出发时的路径相反，到达的终点，却是交汇相选的。

这一奇特的现象，作为智者的马克思也注意到了。他说："一个淫乐世界和一个悲苦世界——这样奇怪地结合在一起的现象，在印度斯坦的宗教的古老传统里早就显示出来了。这个宗教既是纵欲享乐的宗教，又是自我折磨的禁欲主义的宗教；既是林伽崇拜的宗教，又是扎格纳特的宗教；既是和尚的宗教，又是舞女的宗教。"

这一矛盾对立的现象，恰好集中体现在湿婆身上。因为湿婆既是毁灭之神，又是生殖之神，所以，祭祀湿婆的象征意义，正好是集苦乐两大反差于一体的。不好理解，匪夷所思消除的关键在于，须明白，在佛教眼里，不过都是途径，是到达证佛悟道的过程。换言之，无论什么方法、手段，无非都是超脱，都为了成佛而已。这就是佛家核心的理念：法无定法，无佛即佛。

明白了这一点，便可理解，为什么藏民信徒，要不远千里，历尽万苦的五体投地磕长头；要手摇转经筒拜圣湖，绕神山；要忍辱吃苦，日复一日奉献修行，等等。

我们在喇嘛岭寺正碰上一群中老年男女信徒，围坐一圈。女信徒，也有尼姑，在撕扯雪白的新棉花，男信徒在搅拌和泥（参见图5、图6），上前询问方知，撕扯棉花与搅拌稀泥，都是为了佛造像。但难得的是，泥土取自几百里外。其所以舍近求远，是必须用松赞干布故乡的泥土！棉花也是新种，刚采择的，雪白而绵软。他们说，只有用松赞干布家乡的泥，才有祖先魂灵的佑护；只有新棉，才圣洁纯真，像哈达，像雪山，且让造像不开裂，金身永固。他们虔诚地做着，我们要为之拍照，他们顿觉羞涩，却生生地接受了拍照之请。看照片可知，

图 5　　　　　　　　　　　　　　　图 6

他们所做的一切，不是为人，都是为己。作秀、显摆、出镜之类，从来没进入他们的意识。出家的尼姑，与在家的信徒，在侍佛的这一点完全一体，虔诚、质朴、本色。

　　正与这群人交谈，忽然看见从经堂那边远远过来一个身裹枣红色僧袍的女尼。虽裹着僧袍，看不出女性躯体的曲线，但其行走的步态，却显得轻盈，欣快。用长焦拉近一看，原来是一个年轻的小尼姑。看见伊之身姿、行态，即刻想到刚进寺院时，看到的那只小盘羊。于是，顿生一股子要为之拍照、留影之冲动。加快脚步，紧赶几步，至寺院山路转弯处，才撵上小尼姑。见我招呼，伊停住，待我近前，方看见我手中的相机。伊的脸唰地红了，那红，映着身上枣红色僧袍，更鲜色、明净。不如袍色深，但却显得轻快、生动。高原日照多，本就显得肤色沉着，别有一种大气。加之，是个身裹深色僧袍的年轻姑娘，就愈发有大山的气息。与伊交谈，竟不能用流利的汉语。磕磕碰碰，连比带划，总算颔首默许了我为伊拍照的

邀请。

伊所立之处，正好有株碗口粗的年轻的树，树叶，在阳光下透着清新；树身，尤其巧的是，正与伊肩齐平的树身主干上，有一明显的疙瘩。小尼姑不经意地恰好立在树旁，其红红的脸，大大的眼，涩涩的羞，轻轻的恬，沉沉的静，隐隐的笑，真是天成之淳朴大美也。我忙揿下快门，一连抓拍的几张，因焦点随注意，都聚集在伊纯净、绝尘的脸上。

小尼姑无法说，更无法写下伊的通信址，当然，也无手机，QQ，微信之类时下伊的同龄人都玩的现代信息玩意儿，我连伊的姓名，无论俗名，或是僧名，都未问出，伊只是红着脸，一个劲地摇头。然后，逃也似的远去。

车离开喇嘛岭寺，弯弯曲曲地缓缓下山，行至近两江交汇处，停下车，下车回望喇嘛岭寺。之间红、黄、白、黑等彩色寺庙，嵌在两山之间，恰如彩珠嵌入大山阴中，其意蕴绝妙至极。真是一幅印度性力派与藏地本土万物幽灵崇拜相融合的藏传佛教宁玛派性文化尊奉的绝佳胜景，不，准确说，圣境。

至此，方可体悟，当年选址建喇嘛岭寺之智者的良苦用心。何其深邃，精妙，宏阔，高远！

来林芝，诣喇嘛岭寺，值！

乙未年孟夏于无名堂

知青怀旧篇

柏树坡

站在玉带乡小石桥上，抬头便见往解家梁去的半坡上有颗大柏树。身姿卓绝伟岸，叶冠勃郁深翠，虬臂舒扬云展，呈仰天高托之势。背衬高岩一抹，俯览河谷几弯，大有壮士登山，敞胸抒怀，长啸临虚之慨。

出玉带，过小桥，顺河沿小径行里许即踏山路。脚下石板参差错落，下脚高低缓急，石板缝隙，细看，露出些绒绒苍苔。路旁，仍是蓬松白荻的芭茅，风一来，即瑟瑟摇曳，方可见初冬巴山之萧索。而我，久不行山道，反倒格外觉得精神。初冬晨风习习，恰好散热。不喘，不汗，不疲，不迫。谈笑间，不意便陟大柏树下。

大柏树长在上解家梁的大半坡上，一个巨大的青石岩包上。其根顺着青岩蜿蜒从多方扎下，隐入芭茅丛中。树下的石岩缓而平，呈一凸面圆形。斑驳、青白相间的苔藓地衣，如鱼鳞、如癣斑、如飞蝗，如繁星，爬满石岩。使清幽冷碜的青石，平添了几分色彩、情趣。

树下立一青石方碑，字迹依稀可辨。细看，是清季同治年间修筑此路时所立。算来，已有一百五十年了。据乡里人说，此路是条茶马古道。如是，此路即接通江芝包镇，继而，再到至诚，再到通江县城。由通江接米仓道。达汉中陕南，一去西安北上，而河南，而山西，而河北，而口外；一去陇东、天水、兰州，西北向青海、西藏、新疆、蒙古、宁夏，再俄罗斯。巴山产茶，我们下乡便是到茶场。这一带之名茶雀舌、毛尖，至今行销。大柏树守护之石径山道，看似寻常，不过茶马道产地之支路，但竟融入茶马贸易之大势，昔时之盛竟达海外。一块同治年间之筑路石碑，不仅为劈山开路者镌刻功德，更是朝廷监修之官道铭证。由此碑可见，有清一代，我辈今朝来此开发之不毛山野，并不荒芜。由此方可解此方随处可见之深深庭院，煌煌石墓，巍巍牌坊，敦敦古风，淳淳民俗之根由。据此东向，不过三十余里，即是太平坎。其名便由"太平县"来。早在明正德十年（1515 年）便置太平县，属达州，清初又属夔州府。雍正六年（1728 年），复属达州。到嘉庆七年（1802 年）太平县再升格为厅，直属川东道。清道光二年（1822 年）置城口厅，属绥定府，太平仍置县。直到民国三年（1914 年）因与安徽省太平县重名，方更名为万源县。可见，明清之季，此地之盛也。修筑官道，应是玉带乡（即赶场乡）到太平县城之要道。堪称如今之国道，省道。整日间人来货往，不绝于途。而上得坡来，即定歇于碑旁树下。山高径斜，来往唯凭脚力，物流全借背驮。巴山背二哥，便应运名世。大柏树，筑路之前，即立于此，不知历多少岁月。路成后，又历经一百五十余年，期间又见证了多少往来兴替。只是不知何故，近些年来反倒没落。

初来赶场，登大柏树坡时，年仅十六岁出头，少不更事，常在碑旁，竟未细读碑文。今番辨识碑上之镌刻，顿觉一股沧桑感油然而涌心头。

"啊，久违了，大柏树！一别竟有四十六年！"

来到树下，我便在心中问安——向大柏树问安！

我们到解家梁乃四十八年前。时在1965年5月下旬，5月20日晨离渝，当晚抵达县，21日发万源，2天后自万源到草坝，25日再到解家梁茶场，27日由梁上下赶场，至此，第一次得见大柏树。一见，就为其气势、雄姿、冠盖、苍翠、神韵所折服。时值春夏之交，满山葱绿，万绿丛中。夹杂丛丛映山红。衬苍松之沉郁，白石之峻秀，芭茅之萧瑟，蕨鸡之婆娑，倾一片春日之娇艳，大柏树格外峭拔、隽秀、葱郁、深邃。站立树下，玉带河几曲蜿蜒，抱赶场古镇而去。那时的水，流量不大，但却轻浪流碧，哗哗欢跳直淌。清切可见河底。老远，便能听见其冲石激韵之响。虽非雷鸣，但却回荡一谷，与老街赶集之喧哗，交织呼应。站在大柏树下，能鸟瞰其景，附听其音，细赏其山村街镇之古朴，煞是有趣。

从大柏树俯览赶场街，视角极佳，即可揽全景，还可眺远山。山下河湾，古镇，来龙去脉，交代清晰，可谓境随目展，景拓意骋。此乃身下眼前之景；纵目天际，一抹群山起伏，咬接云边，左手最高山峰，恰似一仰天高鼻，是处，因其形而得名高鼻寨。山势蜿蜒，上接氤氲云霭，下衔参差峦嶂，或隐或现，一派舒展。是谓远景也。而身临大柏树四望之美尽收眼底也。这是大柏树给我的最初印象：登高揽胜，视界壮阔，气度恢宏，心清神怡。

赶场小镇是茶场主管公社所在，亦是乡粮站、邮局、供销社等等所在。故山下背粮打油，寄信取报，购置日用，以及打牙祭解馋等等，俱在小镇。故而均得经大柏树，而到大柏树，无论上下，必在此小憩。一边歇息，一边观景，自然更少不了背靠大柏树，或端详打量，或抚弄摩挲。尤其背负百来斤东西，气喘如牛，汗摔八瓣自山下爬上来之际，将货急卸后，长啸一嗓，把胸腹身骨中久久积压之郁结气息，向群山万壑吐出后，一屁股坐地，背靠大柏树，闭上眼，听长啸回荡。那时节，方体悟何谓释重负，脱压迫，舒筋骨，得自由。彼时之大柏树无言、沉郁、静穆、敦厚。一任我汗湿的背脊贴靠。我却能依稀感到他的脉搏，他的慰藉，一如数百年来，他给所有巴山背二哥庇护那般。

而赶场之老街，便因小河依山环抱而兴。溯河而上，行五里许又分两岔，左沟通石窝，右沟越高鼻寨而连平昌；顺河而下，则到太平坎，而芝苞，再至诚。故此地虽藏于深山，却连三县。货通八乡，物畅四方，小且小，却兼凝聚与辐射之功。

越解家梁，过金子山，便可下柯家河。跨柯家河之磴子桥，顺河上又可到草坝。草坝，彼时为区公所所在。我们初下乡时，便是顺此道上解家梁的。过柯家河后上金子山之半山上，至今还留有一块筑路时所立之方石碑，上镌"光绪乙酉年"字样。显然，此碑与大柏树下之碑为同时代之遗留。可见，当时如此老山之盛。史上有"同光之治"说法，虽难挽天朝之将倾，但这两块修路碑却可证，彼时之治功，已深达巴山之荒僻也！而此后何故颓败了？现在玉带小学里留下的贞节牌坊似能给出些许回答。

牌坊为圣旨旌表，坊主为一余姓节妇，石坊气势宏阔，镌刻精细，物象众多，生动灵巧，节孝坊立于光绪年间。奉旨立坊，应为盛事。现今之小学，当为彼时之社学。坊立于此，是为学子，庶众树忠孝楷模也。岁入民国，此地为红白犬牙交错，拉锯争夺之地。牌坊为老街标志物，故无论白据，或红占，都在牌坊上留下了各自的胜绩。此消彼长，百姓遭殃。这许是此间，自同光之治社会呈太平状，而后衰败之缘由。

立于柏树坡，最让我难以忘怀者，乃四十七年前的秋冬之际。那时，茶场在高鼻寨砍火地，种了包谷。农谚谓："头荒地，二荒田"，意即第一年开垦出的山地，收成最丰；而荒田，则要待次年收获最好。故而，我们于高鼻寨当年砍火地而收的包谷，堪称大丰收。然而自高鼻寨火地收下包谷，再运至赶场，全仗人力背！我的任务是150斤一背篓。自山上到赶场，下山路程20华里，返回又20华里，一天背三趟，仅路程就得120里，何况还得背下每篓150斤！起早摸黑，两头伴星月。记得最后一天，最后一背包谷交至粮站院坝后，踉跄着极

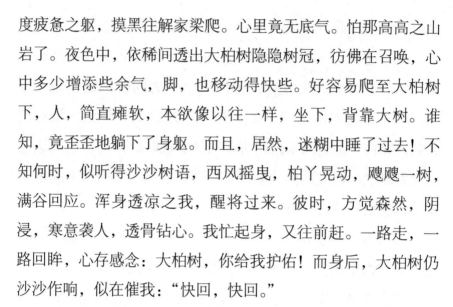

度疲惫之躯，摸黑往解家梁爬。心里竟无底气。怕那高高之山岩了。夜色中，依稀间透出大柏树隐隐树冠，彷佛在召唤，心中多少增添些余气，脚，也移动得快些。好容易爬至大柏树下，人，简直瘫软，本欲像以往一样，坐下，背靠大树。谁知，竟歪歪地躺下了身躯。而且，居然，迷糊中睡了过去！不知何时，似听得沙沙树语，西风摇曳，柏丫晃动，飕飕一树，满谷回应。浑身透凉之我，醒将过来。彼时，方觉森然，阴浸，寒意袭人，透骨钻心。我忙起身，又往前赶。一路走，一路回眸，心存感念：大柏树，你给我护佑！而身后，大柏树仍沙沙作响，似在催我："快回，快回。"

次年初春，我离开赶场，迁到荣昌凉平之际，办完手续，最后一次回茶场，路经大柏树，便是向他告别了。大柏树依然苍郁，劲挺，沉静，清穆。全然不因我离去而异样，或别态。我知道，这里照旧人来货往。巴山背二哥也总在此休憩，歇息。而来此的人们无论是初次，或是多次，也总要在此伫立，瞭望，或长啸一声，任其舒扬，回荡在山谷之上。

自离别大柏树，只要一忆巴山岁月，眼前总要浮现其勃勃雄姿，为其还赋有诗文。如丁亥五月即有《赶场忆其二》，"大柏山垭歇背篼，凉风出谷气稍休。解家梁上云生处，打杵撑来又喘牛。"今次遂愿能再临此地，见故友焉得不诗？于是有：

无名堂散文

大柏树

残碑柏树苍，

石径入山荒。

长啸舒积郁，

云山隐渺茫。

吟罢此诗，方觉思故之情稍解。一别四十八年，少年已成老翁。人要老，树虽未显老，但亦在生长，凡生长，必有衰老。但巴山却总是青山。云来雾隐，暮沉晨昏，总要遮蔽青山，但青山却不会长隐渺茫。

立于大柏树之石碑侧，小学里的牌坊清晰可见，虽俯瞰，仍看得出那牌坊高出一大截。似乎无言地遥对山上的大柏树，像在因应山风掠过。那山，那路，那碑，那坊，以及四十八年前年轻的知青走过。

癸巳腊月初五，时在小寒。

映山红

辛卯清明，小院郁郁葱葱，几丛杜鹃初露嫣红。虽小红星点，尚未灿然，于众绿中，则映衬鲜明。时在清明，虽雨，虽阴，却清丽尤甚。雨，纷纷扬扬，虽下，却生暖意，噢天明澄，置身其间，常有身心爽然之感；阴，沉沉闷闷，虽罩，却透春气，隔纱漏日，游形明媚，毫无晦暗压抑之情。几点杜鹃出红，则更为一新，能不投目足心乎？

记得 1966 年春，时在大巴山。是日难得不出工，春日明媚，大山苍郁勃然，葱茏集翠，沐浴艳阳，晴荫分明。欣欣之清气，与蓝天与白云与大木与小草与群山与溪流，融融乎一体。吐纳之间，似有丝丝甜意，如烟如光如息，悄渗于心于肺于体焉。彼时之杜鹃，凡目力所及处，随山峦起伏，簇簇，丛丛，团团，堆堆，俱是怒放之杜鹃。其色，如火烧之云，天为之斐，穹为之晕；其势，如燎原之山，石为之赤，水为之映。火红之烈，其映日尤炽。花以火红为最，杂以粉，间以白，似丹青分水，又多几分颜色。倘近前细观，枝干斑驳，虬姿生

134

苔，或青或黑或白，交集丛发，干皮有彩；花瓣透日，俏媚娇艳，风中轻摇，或约或隐或影，光雾袅袅，一派楚楚。尤摄魂者，几针花蕊婷婷，柱头着粉，晶莹剔透，幽幽然别有精有气有神。

山民呼此花为映山红，置身此情此景，深感此名之妥之当之妙。此名言花，又不尽言花，一个映山红，有日有天有山有花，而更有天、日、山、花之一体交融也。

余曾有诗以忆巴山之映山红，曰：

阳春三月映山红，
野火青山百里熊。
万树东风招烂漫，
红烟紫雾上天穹。

今见院中杜鹃初红，又勾起昔日之映山红。

孰料时隔48年后，癸巳秋末，吾竟有缘再返巴山。九月二十三日，晨起，薄雾中自玉带乡登大柏树坡，真所谓"远上寒山石径斜"。踏石阶错落，拾级而上。当年情景尽呈眼前。山深无人。时闻喳喳鸟啼，抬头望并见不远处欢叫之蓝鹇鸟（当地人叫山喳子）翔集于松林之上。目光收回，蓦然竟见几朵映山红！嫣然、红艳、、疏朗、清秀，自蓁蓁灌木丛中脱颖秀出，格外可人。当即，我便脱口呼道："映山红！专为迎我而放！"时下暮秋，而在巴山，即是入冬。春夏之交所盛之花，秋冬交替而开。虽仅疏枝清癯，几朵散绽，但其鲜、其灵、其韵、其火，已足以慰藉故人久违之情也。昔年，吾见漫山映山红，方十七岁少年；而今，已届六十五也。花非昔日之盛花，人亦非当年青春少年。然毕竟，花仍开，人健在。花缝春夏，岂用愁不盛？人有感悟，又何须畏诗文不兴？花既问我，焉能不答？遂赋《映山红》一首：

　　疏朗映山红，

　　娇姿野草丛。

　　君当春夏火，

　　迎我共霜风。

诗毕，犹不尽意，文以继之也。

癸巳冬改于悦乎斋

小白李

又是谷雨，小雨纷扬。满目新绿，娇翠盈虚。记得1969年谷雨，亦细雨纷纷。余在荣昌凉平下乡，正办田，五娃裤腿高挽，一长一短，泥腿带水，手拎一新挖出之小白李树，欣欣然呼余："要不？三五年得吃啰。"言毕，三五锄刨个坑，栽下，垄个堆，淋水。望着不过尺许之长，风中摇摇之小树苗，五娃笑，露一口黄牙，憨憨，朗朗，甜甜。余心知，此乃五娃美意，以示欢迎落户，与其为邻也。然又惴惴，暗恻吾要在此呆至吃果？

翌年春节后，余自渝返，天刚雨，泥泞在途。余负重，背城中好容易收来之以读长年之书，深一脚，浅一脚，从公社下车行小路十余里，往观音堂赶。刚翻高屋基旁石梁，正吁吁，喘息间，抬头猛见前面山梁上，灿灿一白，一树李花嫣然。立于余之三间半土屋前，凸凸地，映一片雨后之青天，俨然脱颖秀出。以致一变屋上歪斜烟筒之衰败状。一番韵致天来。余为之怡爽，顿然提神，不觉生风快行。空无一人之土屋，温馨早备也。及到屋前。细审吐蕊之花，莹莹挂珠，欣然，盎然，姣然，孑然。是时，小白李枝干高不过二尺余，粗不过一擘许，且歪歪斜斜，清癯枯劲。其足下之土贫且瘠，未花之际，毫不引人，不意无人料理，看护，竟能如此迎春。实让余喜也，惜也，敬也，思也。

自此后，余便留意此树，且每岁早春，余自城返，小白李俱举花迎焉。花似知人。

别凉平已然三十八载，其间曾回乡下一看，此树荡然无踪影矣！然余却常忆之，其风中干瘦摇曳之状，其带露初绽之白静清纯之态，常鲜活于梦中也。吾知，小白李仍长着。此树有灵也。

丁亥正月初三，余曾撰《定风波》一阕，题为《忆当年节后返乡》：

正月西风又出城，
混车东去返乡行。
背负禁书风雨路，
休顾。
孤云天际更兼程。

深浅高低山野径，
泥泞，
抬头放眼蓦然惊。

屋角遥看花一树，

无主。

临风摇曳也春迎。

小白李早无形影，此情境与此小词存焉。

辛卯谷雨于无名堂

一碗水

从方家坪上山，越高鼻寨山坳，有一眼山泉，叫"一碗水"。泉，从大山的石壁渗出，至崖根处，正好聚一碗。水流满一晚，便从石碗边沿溢出，若吮饮了石碗中水，稍待，即又盈满。一碗水，总有一碗，名副其实。

此碗，乃石壁凿成，天长日久，经泉水滴浸，遂湮去其棱角，成一天然碗状。碗周遭密匝匝地生出些冷蕨鸡，正好遮住碗的上方，隐蔽了山崖渗出的石壁，让人觉得泉水是自冷蕨鸡根缝渗出。加之，石碗的周遭覆盖着茸茸的苔藓，这一泓石碗泉越发显得清幽。秋来，泉上不时飘一两叶红叶，在几无声息的泉水渗进下，映着那至清，至纯的水，悠悠地滴溜着转圜，真让人忍不住要附身前伸，一吮甘泉。对，甘泉。那一口吮进口里，别忙着吞下，让水在口腔、舌尖、牙周、喉头转含一会儿，那凉凉的、爽爽的感觉，让人神清气爽。然后，再徐徐吞下。于是，这股子清清的甘泉，顺着食道，顿时，充透于胸臆。那一路上山的燥热干渴，浑身不适，随此泉之饮，消散得了无踪迹。此时，你会感到口内的回味，有丝丝的甘甜。

初饮一碗水时，还是到大巴山的第二春。我们一干知青奉派到高鼻寨砍火地，安排住方家坪。而无论上高鼻寨，或下方家坪，或者到公社，返解家梁，都得路经一碗水。记得初见一碗水，就可谓一见钟情了。春日艳艳，上山二十里路。至此，早已汗流浃背，气喘吁吁。口干舌燥之际，得饮此泉，真是爽毙了！何况，山坳的一碗水，本就与山风伴生。飒飒的爽满怀，与清冽的润透胸，乃是行山路的绝配！只一瞥，那为苍苔环围的一碗水，就已深深地印入脑海！觉得，大山问候行人，早早地备好一碗清泉，为之润喉，解渴。城里娃，下乡伊始，看着崖壁的一碗水，满足了从未见过的稀罕。第一次感到了大山的亲切，好客。

从春天砍火地，到秋后收苞谷，几乎整一年光景住在方家坪。其间，无数次上山下山，且都要经过一碗水。而经过，则必饮此泉。大暑天，山泉似冰镇，凉爽至极，十七八岁的小伙子，身子骨火气重，格外贪凉，常豪饮一通后，还捧泉互相泼洒，嬉闹一阵，多弄得湿漉漉的一身，又往前赶。走着，走着，不觉又把衣衫以体温烤干。山上的气候变化大，常言道"十里不同天"，"一雨成冬"。天冷时，路过此泉，则见碗中，白气氤氲，似出锅之热水。山民谓：一碗水冬暖夏凉，此言不虚也。上山下山，一碗水俱是歇脚之地，常来此，便对一碗水中泉之渗来、溢去，以及周边的峭壁、山石、枫树、冷蕨鸡、苔藓、青石板路等等，有了深深的印象。甚至，一踏上山路，就会想到一碗水。

巴山的农谚说："头荒地"，即是头一年砍出的火地收成好。果然，高鼻寨的火地上的苞谷长势忒好。春天，把满山的大树、小树、荆棘、竹林、刺藤等等一股脑儿砍倒后，让太阳晒干，一把火烧去，以其草木灰为基肥，种上苞谷，再薅两次草，粗壮的玉米苗便背上了沉甸甸的玉米棒子。然后，再守几十个夜，撵撵野猪之类，便可搬包谷了。在高鼻寨搬包谷是个苦差事。不仅要起早贪黑，赶在下雪前收完满山的苞谷，而且，要背苞谷下山，送到街上公社粮站。从高鼻寨到粮站，二十里路，大多是下山。从粮站再返高鼻寨，则是二十里路的上山。上下来回单路程，就是四十里路。三个来回，仅路程，就是一百二十里。于是，一天中，有六次经过一碗水。自然，也要饮六次一碗水。早起，天不亮就得上山，到地里搬苞谷，满满地插满一背篓，整整一百五十斤重。几乎背到一碗水时，天才麻麻亮。于是，在一碗水歇息，就着山泉吃干粮，然后，再下山，到粮站后，再折返。白天路过一碗水，还仅是歇脚，饮水；而最后一趟，尤为艰苦。天黑了，摸夜路不说，走路，背苞谷整一天，身子也乏透了。更恼火的是，饿得慌，双脚软而沉。这时来到一碗水，附身就喝，饿慌了，能饮上一肚子山泉，至少，是哄了肚皮，腹中不再咕咕乱叫了，又可支撑着再走一段。大山里行夜路，再饿，也只能咬牙，靠熬。没到一碗水前，这一碗水就是盼头。

离开一碗水不觉已近五十年矣！好容易又来到一碗水跟

前，这一碗水和以前，和我脑海中的一碗水，几无二致。又是秋末，收苞谷的日子。走在上高鼻寨的石径上，周边一切，那山势，那松林，那大青石崖，那潺潺的小溪，都勾人忆起当年的背苞谷。终来到高鼻寨前，昔日种苞谷的火地，已不见苞谷，早换成了满山的枫树。高高山崖的壁上，爬着几藤红红的爬壁虎，在秋风中瑟瑟摇曳，别有一番精神。走到一碗水前，欲附身吮泉，又看见清水中漂浮的红叶，依然在悠悠滴溜。者情景是那样的熟悉，只是，一碗水中映出的人面，则非当年那意气风发的小伙子了。

泉，还是那样凉，那样爽，那样甜，满满地吮一口，那感觉仿佛又回来了。从此，只要一喝矿泉水，忍不住就要想到一碗水，就觉得都不如一碗水！

一碗水

石缝老苔泬，岩窝一碗斟。

轻拈红叶饮，一口到三春。

（自方家坪翻邓家梁下玉带，山垭前有清泉一泓，终年不竭。泉自崖壁渗出，盈石窝则溢，路人翻山至此必饮，清冽甘甜，沁人心脾，故邑人号曰"一碗水"也。昔时背苞谷累极，每饮，通体舒爽，故常怀之。）癸巳秋九月廿二日于高鼻寨一碗水。

乙未秋八月初六于无名堂

风水树的命运

站在下街场口，远远的，往西边的天际看，就能望见，山垭口，那高高的风水树。那是棵大柏树。远看，首入眼的，便是树冠，浑圆浑圆的，像巨伞一样，从山垭口兀地冒出，比周遭的山峦，高出一大截子。赶场下山，从场上回返再上山，都得翻山垭口，都得来到这棵大柏树下。

远看大柏树，突出的是其树冠的华盖，郁郁苍苍，舒扬高张，茂叶蔽云，气势恢宏；近看大柏树，则为其龙干虬枝震撼。斑驳遍体，沧桑镌刻，苔青癣白，风霜驻足。粗壮的主干上，缠绕着几圈鲜红的布条，冠盖似的枝干上，挂着一些拴着石头的红布条。远看格外耀眼夺目。老乡说，这树有灵，能佑福祛灾，有头疼脑热，生疮害病，拜祭后，挂上红布条，即保无恙。而病愈后，即应还愿，把黑沙陶的药罐，置于树下。

树下的石板路侧还立有一敦实的方石碑。据说是前清同治年间修此路时所立。字迹已湮涣难辨，只依稀看得出"大清同治年"字样。同治据此，已有一百五六十年之久。老乡说，修路时，这树已是大树，几个人手牵手合围，都围不拢呢。大柏树立在山坳口，石板路也翻过山坳口，而大柏树比石板路更早，就在山坳口了。从修路时所立方石碑可知，石板路是清季的官道，也即是驿道，据乡人说，早年间此路热闹得很。背二哥一队一队的，背茶，背盐，背山里头的产出，再背来山外的百货。更让山里人乐道的是，这条路上还过过官。那阵仗，才叫排场，像唱戏文的，又是开道，又是举旗，那官们，坐的都是软呢子盖的滑竿！而不论是背二哥队，或是官家队，都得到大柏坳歇脚，上坳口就得吼一嗓子，给左邻右舍的山们打招呼。跟到，要拜树神，就是大柏树，再下来，要喝一口树旁石崖渗出的清泉。这些，都是有讲究的，得到山神树精的保佑，才能一路顺畅。

这个龙门阵，在树下歇脚的人都爱摆，可谓与老树同在。此坳口也因大柏树而得名，叫大柏坳。十里八乡无人不知。据说，民国那阵子，这大柏坳的名头，还上了书的！此树，及此坳，也非不见经传了。周遭方圆无论从哪条路翻大柏坳，老远映入眼帘的，就是这大柏树。换言之，立在坳口上的大树，便是其定位，定方向的目标。时下谈地方，首秀的便是一地之地标。大柏树，立于山坳，定高天流云，得众山拱卫，可谓名副其实之地标。民国之"上书"已难稽考，但倘要在地图上标注，由此树得其名之大柏坳，无疑是坐标当仁不让之选。小知青好掉文，中学里学过，也背诵过的李白《蜀道难》，也正好被有好事者套用，并稍改其中的"上有六龙回日之高标"之句，为"上有大柏揽日之高标"，还赢得好一阵喝彩。大柏树"高标"，大家一致称"高"！

举凡下山赶集，或上山回林场，我们这帮知青都要坐在树下歇气，山风徐来，一扫爬山的燥热，很爽。登上山坳，也都学山民，喊上一嗓，听那山风送这一吼远去，荡漾在山谷间。那一层层的回音，煞是有趣。知青们也常在那亮一嗓子，唱"走上那高高的兴安岭"，且总要比一比谁的回音更长，更远。下乡那些年，这树，这坳，这山，总让人亲和。提到它们，就如同说到亲人。记得离乡回城时，到场镇上搭车，坐在高高的敞篷货车上，还远远的打望大柏树，那伞盖高张的树冠，随着山风摇摆，似在向我招手致意，那是老朋友的告别。回城后每每知青老友聚会，或山里来人，总要谈及大柏树。甚至，梦里也常萦怀。

谁料，这竟是大柏树最后的身影！

离山几十年后，好容易再回山，竟然不见了大柏树！从场口远远望去，没了大柏树的山坳口，及其周遭的山峦，显得格外突兀，别扭！翻上山坳一看，不仅粗壮的树干荡然，就连错节的盘根也被刨空。仅剩些残根，也都干枯，扭曲，死去多年。其状，实在惨不忍睹。

一些坐在树下歇脚的山民，见我们惊愕此树竟被砍伐，七嘴八舌地，时而含血喷天，时而挖苦讽刺，对我们讲述起风水树被砍，以及大柏树被砍之后发生的故事。

原来，"文革"结束那年，区革委会的郭代富主任，喊人

146

来砍了树。他听人讲，说是几百，上千年的大树，有灵，风水上佳，用它整屋子，无论立中柱，架大梁，改椽子，装板子，都是一水的光鲜，巴适得很。住在大柏树整的屋子头，有柏木香味，驱虫避蚊，养神健身，延年益寿。最难得的是旺财旺子孙，世世代代有冠盖戴。说是，那巍巍的树冠，就是山峦的官帽。你看，连周遭的山们，都要跪拜哩。一区主官，管七、八个乡，几十座大山，山山水水，要走十来天，宽得很。都区长，那年头叫区革委主任，说了算，一棵树，算个啥？尽管，乡民们都不愿看到大柏树被放倒，可谁都不敢再他跟前哼一声。结果，大树还是被放倒了。唉，整整砍了七八天啰。斧子都是在树下磨的。那砍树的声响，震得山们都喊痛！听见那咚咚的伐木声，四乡百里的山民，都在骂这龟孙子缺德。挂谷岩的一个早年间的老风水先生，就说砍了这风水树，要遭报应。

民怨归民怨，愤怒归愤怒，大柏树终究被伐了！那山坳口再没了大柏树，没了那巍峨的树冠。老乡们还改不了口，仍叫大柏坳。只是，一叫大柏坳，就忍不住又要骂那缺德的龟孙子，骂罢，还要啐一口唾沫。

那郭主任家的房子，只用了一颗大柏树就盖好了，说是，还有富余，用来修了阁子楼梯，打了一套老年生的家具。那房叫个好，老人们说，好多年都没见过。那排场，一水的黄澄澄老柏木，中柱，大梁还是柏木芯材，那叫一个香，老远老远，都能闻到，那味道，硬是熏得醉人哩。

啥？你说那郭主任住那房子享福了？那才不呃！怪啥？那

房子头住了不到一年的郭主任遭了报应，现世报呕！咋了？说是那房子是新的，住进去的人，日日夜夜都听到房子里的鬼叫：长一声，短一声；高一声，低一声；紧一声，缓一声；尖一声，粗一声；阴一声，阳一声。结果，那才退休、六十岁刚出头、打算住新房、享些个清福的郭主任，原来没听说有啥病的身板，硬是睡不好吃不好，没好久，就病快快了，冬天，那人就喊收了称，活累了，翘杆了。有的说，是新房子，木头收缩，才有声音；有的又说，那是木头缩，是那些木匠做了手脚，故意短了尺寸，房架子不歪，不斜，更不得垮。就是叽叽嘎嘎乱响，找不出那点不对头，又无法子扑救。那些木匠，手艺高咧，不安逸姓郭砍了大柏树，又拿他没得法，只好阴悄悄地收拾他啰；还有的说，哪是人弄他嘛，恁大的官，哪个惹得起？那是天谴，那是报应！把大柏树砍了，天都看到的，唧个不遭报应？人在做，天在看嘛！现世报啊，还没等到后世报应后人啊。

从此，郭主任遭了现世报的说法，不胫而走，四邻八乡的老乡都传遍了。而且，越传越有鼻子有眼，说是，大柏树有灵，伤了树，就要显灵。也许，你听了，莞尔一笑，不一定信。可山里人都信。

乙未中秋后一日于无名堂

欧美感悟篇

红杉·海滩·铁炮

一

出旧金山北向不远，车行半小时不到，仅 20 余公里便是缪尔森林国家公园，再往前不远便是缪尔海滩（Muir Beach）公园。前年，小孙子周岁，与女儿一家，去了缪尔森林国家公园；今年，孙子两岁，我们又到加州，应内子七七届川大同学之邀，又到了缪尔海滩。

缪尔森林国家公园与不远处的缪尔海滩公园，都是以约翰·缪尔（John Muir）命名的。此何许人也，竟以之命大山、森林、海滩之名？回来一上网才发现，斯人实在太牛，不仅大山、森林、海滩，在北美，甚至跨海到苏格兰，都有不少以缪尔命名的处所：从大学到小学：缪尔学院、缪尔中学、缪尔小学；自然胜景：缪尔森林、缪尔山、海滩；甚至上了天：还有叫缪尔的小行星咧！必须说明的是，这些命名，全不是缪尔本人所为，俱是他人所命，且皆在缪尔身后！这一命名，居然持

欧美感悟篇

续了上百年之久！

　　一个人不是靠权力、威势、财富，而能经受身后一百来年的岁月考验，让人不忘，让人将其名及其名所蕴含的信息，一代代传颂，其所保有的价值、神韵何在？

　　先看看缪尔的自我"推介"，他曾开玩笑说自己是"poetico‐trampo‐geologist‐botanist and ornithologist‐naturalist etc. etc."（诗人‐流浪汉‐地理学家‐植物学家和鸟类学家‐自然学家，等等）。细品缪尔的这段话很有韵味，他这番看似开玩笑的话，其实是顺理成章，很有其独特逻辑的。

　　首先，他给自己定性为"诗人"。因为诗，才有诗之心，诗之趣，诗之情，诗之眼，诗之感悟，诗之爱恋。诗，对其内而言，是其生活的原动力，是核心价值，是人味之所在，做人的根本。这也即是后世的德国哲学家海德格尔所谓的"诗意地活着"。缪尔正是因为首先是诗人，才能成就其事业，称其为缪尔。

　　第二"流浪汉"。好一个"流浪汉"，此流浪，非彼流浪，不是好吃懒做，不是迫于生计，不是混世魔王，而是为诗的追求浪迹天海。如有家累牵扯，世俗羁绊，何来心灵之自由，精神之高扬，继而体悟、领略天地之广袤，物类之丰富，气象之磅礴，风云之诡谲。唯其以流浪汉之身，之心，空其所有，方得由外物之万化中，生成心灵之勃郁丰姿，成就满腹锦绣。

　　第三"地理学家"。心怀诗意的流浪，历名山大川，穿莽林雪原，涉沙漠瀚海，探险峰奇洞，猎大地之幽密，觅含章之

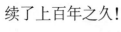

精妙。是故，地形、地貌、地质、地表及其背后之地理、地学，便都在其颖悟之中。随之而来的地表上之植被，草本、禾本、藤本、木本；植被上的各色生灵，微生物、昆虫、走兽、飞禽等等，便都尽入其法眼。这便有了，第四的"植物学家"、第五的"鸟类学家"以及最后的"自然学家"。

事实上，缪尔做过牧羊人、牧马人，种庄稼时是出色的农夫，打工时是合格的工人，摆弄机械成了技艺高超的工程师，经营果园是勤恳杰出的农场主，而闲不住的性格和好琢磨的大脑又使其成为创新迭出的发明家。阅历广泛，体悟方深切，尤其是对自然万类的关爱，使其从骨子里生出强烈的对自然本身的爱。这便使其成为美国和世界环保运动的先驱和精神教父，最典型的例子，便是其对优胜美地国家公园（Yosemite National Park，又译约塞米蒂国家公园）的保护。

那是在 1869 年的夏天，穷且无业的缪尔得到了一份牧羊的夏季工作。负责放牧牧场主佩特·德莱尼（Pat Delaney）的羊群。这份牧羊的活让缪尔在优胜美地区呆了整整一个夏天，跟着羊群，他徒步穿越了从波罗地·坎壅（Bloody Canyon）到摩罗湖（Mono Lake）一带的传统印第安人区域，并登上了大教堂峰（Mount Dana）。也就在这样徒步的牧羊过程中，他深刻地认识了优胜美地，触发了对此区域如何形成的深沉思考，继而催生了一个生态系统是如何自然循环，又当如何维护的理论萌发。

他真真切切地看到优胜美地的自然系统是如何受到放牧的

威胁的。他把羊群称为"带蹄蝗虫"。这些靠蹄到处啃食的"蝗虫"，不仅把地表的大多植被啃光，甚至，把地下的草根也啃绝。让少雨干旱的土地，从此荒漠化。而一旦荒漠化，便是不可逆的，系统迅疾恶化失衡。于是，缪尔认为，必须将优胜美地，以及内华达山脉作为自然保护区。为此，缪尔开始了自然环保的不懈努力。他不断地写文章呼吁：禁止在内华达山脉的高山地区放牧；阐述自然循环与环境保护的理论；同时，联络八方，创建了美国历史上最悠久，也是最大的民间环保组织——西拉俱乐部（The Sierra Club）；不遗余力奔走、呼号，向国会提交将优胜美地设为国家公园的议案。

尽管，缪尔的苦辛产生了广泛而深远的社会影响，他的环保之路却并不顺畅。反对在山区草地这些传统的放牧地放牧，断了不少人的生计；禁止砍伐森林，尤其是木材优质的巨杉林又断了不少人的财路。凡此种种，都成了缪尔环保的阻力。1890 年 9 月 30 日，国会审议并通过缪尔的提案。但这一表面的胜利，却令缪尔格外失望：通过的议案居然将优胜美地山谷交由地方，也就是州政府来掌。虽然这是后世蜚声世界的优胜美地国家公园的开始，但是从地方利益出发的州政府，使其保护的初衷大打了折扣，很多措施都无法切实而及时的落地。

从小就较真、执拗的缪尔，决不言败。组织俱乐部，八方努力。他的辛苦没有白费，13 年后，即 1903 年，他迎来了时任美国总统的西奥多·罗斯福。

缪尔和罗斯福同乘火车，从加州奥克兰出发，抵达华盛顿州的雷蒙德。然后，换乘马车前往优胜美地山谷。一路上缪尔结合滥砍滥挖的惨景，谈冰川、森林、山谷、草地等等的依存，深深地打动了罗斯福总统。进入公园，总统便初步领略到了山谷的壮美，庚即要求缪尔领其去饱览真正的优胜美地。缪尔欣然应诺。带罗斯福前往，当晚他们在野外露营。在篝火的映衬下，两张红红的脸，一直兴奋到深夜。黎明，在飘落的雪花中醒来。随着清新凛冽空气的呼吸节奏，罗斯福把自然环保的新理念深深地吸进了肺腑。

在 1905 年，国会终于决定将巨杉茂密的马里波萨谷（Mariposa Grove，又译为蝴蝶谷）和优胜美地山谷，一并纳入国家公园。（图 7，美国联邦邮政局发行的缪尔纪念邮票；图 8，缪尔纪念币。）

图 7　　　　　　图 8

缪尔的心血得到报偿，美国从此有了真正的国家公园。他也当之无愧地被尊称为"美国国家公园之父"。赢得如下赞誉：

"他是我们国家可以位列先贤祠的伟人之一，这些伟人包括亚伯拉罕·林肯、马丁路德·金、托马斯·杰斐逊等等，正是这些人塑造和改变了我们"；"约翰·缪尔把我们美国人从彻底的物质主义中拯救出来"。

二

小孙儿周岁时，我们去的红杉林，便是以缪尔命名的森林。其所主要的保护树种，学名叫"海岸红木"（Coast Redwood），这是与马里波萨谷（又译为蝴蝶谷）和优胜美地山谷的巨杉不同的巨型红木。内华达山脉的优胜美地山谷和马里波萨谷因其也常被叫着"巨杉"，故使两者混淆，这主要是英文译名的问题。两者都巨高大挺拔，都是红皮的杉树，所以，都被叫成了"巨杉"，其实，缪尔森林的是"海岸红木"（Coast Redwood），内华达山脉的是"巨杉"（Giant Sequoia），两者的英文有明显的区别。两者虽是近亲，但毕竟不是一回事。现在，世界上仅存三种巨型红木，即，加州北部太平洋沿岸，包括缪尔森林国家公园的野生海岸红木（Coast Redwood）；加州东部内华达山区（包括优胜美地国家公园的野生巨杉（Giant Sequoia）；另就是仅存于中国湖北、四川和湖南交界处的野生水杉（Dawn Redwood）。而美国加州的这两处国家公园所保护的野生海岸红木和野生巨杉，则都与缪尔的研究和保护分不开。

单就这一点，就应深深感谢这位了不起的自然环保的先驱。

单就这一点，来加州也应心怀虔诚至此缪尔森林国家公园朝圣。

领着刚周岁的小不点孙儿，蹦蹦跳跳地走进这巨大的森林，这强烈的反差、对比，整个身心的感觉，太好！

小孙儿初涉人世，刚一岁；四围的大木，俱饱阅沧桑，历千年之郁郁。

小孙儿，小小人儿，高不足一米；而周遭的古木大树，颗颗都高耸入云，动辄八十米，九十米，甚至上百。

小孙儿嫩生生，粉嘟嘟，藕节似的小手小脚，一招一式，蹒跚摇步，浑身透出勃勃生气；而饱阅岁苍、斑驳嶙峋的古树，盘老藤，被苍苔，虬干劲枝，健硕苍郁，凛凛一派大气，沉稳涵育。

小人儿靠着巨木，只那么一小点，顿时凸显了高矮的反差，新老的对比，细嫩与斑驳的互衬。而这一切，又恰好被巍巍的树冠顶上筛下的缕缕阳光，带着些许氤氲烟氛，笼罩在一起。那光影轻柔地动小孩和大树，都在明媚指尖的牵引下，轻盈飘升了。

其实，凡置身此千古巨木的红杉林者，不仅小小孙儿，就是成人，哪怕是高个子的大汉，谁又能不感到低矮、渺小？与千古大木相比，谁又敢称寿比南山？倘若美国西部大开发之际，为铺设铁路之类，把这些大木砍伐净尽，恐怕地球上再也没有如此壮阔恢弘的巨木红杉林了。而这样的蠢事，为这样那样的冠冕理由，我们不知干了多少！

巨木林中有条浅浅的清溪，潺潺的低吟着，蜿蜒流淌。溪水太浅，很多的地方都裸露出了嶙峋的土灰色卵石河床。整条小溪懒懒地，缓缓地流着，显得少些欢快，缺乏活力，生气。与大木林的勃郁、苍劲、雄阔、健挺，总有些个不那么谐调。甚至，阳光下高大的巨木的投影，小小的溪流都无法完整地地倒映出来。看着那水里的光影，真为那大树感到憋屈。就像看见个大手大脚的成人，穿了件极不合体的小衣。甚至还有些滑稽。看看这几近干涸的小溪，再看看这顺山谷挺拔的巨木林，这两者的极不相称，让人一下颖悟到，在这干旱而缺水的加州，这条虽然浅而小的溪流，对于这座巨木林来说，已属极为难得了。无论如何，也算是细水长流了。

另一方面，也由此可见，虽然这是千年古木林，但其生态系统却是相当相当脆弱的，保护其所生长的整个系统，不是说着玩的。这样的千年巨木林，能成气候，实在是极为不易。真不知经历了多少风霜雨雪，酷暑干旱，甚至雷劈电击，野火焚烧。

珍爱这些千古大木，实乃是对千古拼搏的敬重，是对百折不挠的致意，是对自然底蕴的朝圣，是对生命伟力的礼拜。

缪尔是先驱，是先觉者，来此看海岸红木，仿佛在茂林高大的树干缝隙间，看见他穿行的身影。

三

今年的夏秋之交，又到了旧金山。早晨 9 时从伯克利出发，还是晴天。谁知刚到海湾就起了雾。一团一团地，随风从桥面上飘过。那本来就像一条巨龙，雄跨大海的大桥，在时隐时现的雾来雾去中，愈发显得见首不见尾了。

车到桥中，间或一看，大雾弥漫，整个湾区都被笼罩。这雾，从海上升起，贴着旧金山湾区沿岸至半空，再往上，就像被挡住一样，几乎是齐崭的切断。这雾，经常泛起，而一起，就是这样，从太平洋旧金山的海面升起，弥散开来，缓缓上升，至半空戛然而止。整个旧金山湾区，罩在其中。此雾在半空止步的位置，就在伯克利山顶上方，几乎每次都一样，像预设了程序似的，不越雷池。而缪尔森林及其前方的缪尔海滩公园的山头，也都在雾的笼罩之中。再往内地，哪怕离湾区几十公里开外，这雾也不再弥散。于是，湾区即是雾区。雾散，则朗朗晴天，红日碧海；雾来，则茫茫山海，凉风阴霾。晴里，日出而不热；雾里，露重而不潮。日照，使植被阳光充足，海面水汽蒸腾，化而为雾，又为湾区的植被补充了水分。如此周而复始的循环，便是湾区的典型气候，也是金山雾墙的由来。这一来，在雾墙中与在雾墙外的泾渭分明的缘故，即是湾区植被与出湾区的地貌黄绿分明的原因。也是海岸红木之类森林，得以生长的关键。当然，这也是海湾气候宜人、房价也高的缘由。

这便是著名的旧金山雾墙，这也是旧金山湾区人熟悉并倍感亲切的雾墙。

在雾墙的时强时弱中，下得桥来，雾就更浓了。车开着雾灯，排成一字长队，缓缓前行。看来，大家都习惯了金山雾墙。

在雾中经过了缪尔森林国家公园的路口。雾漫，看不全，但岔路口的标识，及周遭的山势，还能唤起记忆。再往前行，车显然少多了。车速也快了些。继续往下，不久，竟停了下来。前面的车也都未走，排起队来。原来，我们来到一条隧道前。驾车的白女士说，这是一条单向放行的隧道，是二战前修建的，里面狭窄，仅容一辆车行驶。进、出海滩都得等。待进海滩一面放行时，驶入隧道，果然狭窄。我不明白，战后几十年了，现在条件如此好，为何不拓宽呢？答曰，一是来海滩的车不会太多，二是也许是为保存当年的原貌，美国的历史短，这也许就是历史建筑，算得上文物了。

出隧道不久，又看见路旁有些一排排的平房，据说那些简陋刻板的建筑，就是二战时的军营。现在，大多空置。白雾中看着山麓下这一排排早被废弃的军营，顿觉得眼前有些荒芜感。

不觉间，雾中传来了涛声，车越往前，涛声越隆。不一会便到了海湾与山湾交汇的一块平地，此行的停车处。还好，还有车位。雾中看不清，但已听到了嘈杂的人声。下车一看，大致可分为二：一是下行，顺着涛声，过公路到海滩，或冲浪，或游泳，或各类沙滩运动、游戏；一是上行，沿着山道，登山、爬山。

我们的路是爬山。路是土石路，看得出先前是简易的车路。干干的，浮着些尘土。裸露着坚硬的砾石。踩着实在，不滑。雾中，看不清山势，看不见海，只听得风声呼呼，涛声哗

160

哗。越发撩起我想一窥全貌的冲动。还未走到山崖边，就看见危险的告示，只感到脚下是峭壁，再下是海浪。只得转身往山上爬。雾大，风也凉，利爬山，不冒汗。一路上的景，事先看不见，往往走到跟前，才看清为何物。这样也好，省得四下张望。忽然，前面的符先生叫唤，忙响应上前。原来，他脚下是一钢筋水泥的废弃暗堡。再往上，这样的暗堡、碉堡又见到几处。不过，再见时，兴奋也有些迟钝了。顺着山背脊过去，路好走些，雾也薄些，居然还看见了防空洞。那洞口上方还清晰地刻着1938年修筑的字样。一见此字样，好奇心顿生。进洞看，有灯光，电闸。洞的两头贯通。那头则是一巨型可升降的井，井前的平台是一巨大的圆形基座，从洞外至此，有轨道贯通。此处原是海岸炮台。那井，显然是为输送炮弹而设的；那台基，则是大炮的基座。

果然，出得洞来，在路旁就看见巨大的铁炮。铁炮只是炮筒，粗大而直长，横卧在路旁的青草中。看得出，此炮筒自炮台基座移出洞后，不知何故，未能吊装上车运走，以致在此山中路旁，一躺，就是七十余年。炮筒钢好，弃于露天，经年风霜雨雪侵蚀，尤其是海上来的湿雾、腥风腌渍，竟看不出什么锈蚀，仍然透着军舰绿漆的亮色。很显然，当初铸炮时就充分考虑到海岸环境的因素而刷上的防护绿漆，一是极端彻底，认真，二是漆的质量绝对经得起岁月检验。

炮筒一端粗，一端细。由底端往上，一级一级收细。说细，只是相对底端的粗。细的一端，其口径也400到500毫

米。而粗的底端，几乎一米！此炮让人吃惊的更在于其长，符
君用步子量了一下，口气肯定地说，有20米长，足有一个半
羽毛球场的长度。（2月后，符君夫妇又专程去实测，测得的
数据与估算差距不大。实测数据：出口内径460毫米；炮筒全
长20.7米。参见图9）

此外，他还了解到此炮名 Bettery Townsley，炮弹重953公
斤，射程40公里。据符君提供的 Bettery Townsley 炮名，上网
查到，此名有一个意译和音译杂糅的中文译名，即"电池汤
斯利"。而"电池汤斯利"则又是由一个第一次世界大战的资
深军事工程总监，名为克拉伦斯·P. 汤斯利的少将之名而来。
此巨型海岸炮的电动结构是1938年才研制成功的。由洞口顶

端的 1938 年可知，这种电动结构刚试制成功，就用到了此处。从网上查阅到的资料，是引自《美国海岸防御参考指南》，第二版，出处权威。该资料表明，此炮研制、修建的主要目的，就是旧金山港的防御。

如此巨型的海岸炮是用于防御的，这是毫无疑问的。接下来的问题是，防谁呢？炮台竣工是 1938 年，而从战略计划的提出，到巨炮的研制，再到经费的筹措（仅一门炮造价就需当时的 595000 美元），再而方案的制定、讨论、修改、批准，以及工程及其相关的交通、电力等系统的配套，可以肯定早在 1938 年以前。不谈其他，仅就浩大的海岸军事防御工程的测量、规划、实施而论，都绝非一年半载之事。我们到缪尔海滩国家公园一路上看到的单向行驶的隧道、山麓下的军营、山上的明雕暗堡，都是海岸防御工程的组成部分。

几近一吨重的炮弹，四十公里的射程，环伺旧金山城，及其良港的海岸山地炮台，都是那个年代能作出的最积极防御。

须知，第一次世界大战之后的太平洋，必须且能够与美利坚合众国争霸的，只有太平洋彼岸的日本国。

事实上，国力日甚一日的日本国，也是把美国视为是其要称霸太平洋的最大的阻碍。日本也早就做好了准备，早迟要在太平洋上与美国决一雌雄。

很明显，早在 1938 年之前，美国就对日益强大的日本的野心，有了充分的认识，没有半点侥幸，做好了切实的战争准备。

这些海岸防御工程的建成，肯定早于美日宣战之前，甚至早于卢沟桥事变抗日战争全面爆发之前。这充分表明美国人的未雨绸缪，是多么必要。美国人绝不天真，对世界的战略态势，无论分析和判断，都是相当清醒和现实的。谁是主要的敌人，美国人早就清楚。1937 年 7 月 7 日的日本全面侵华战争，1941 年 2 月 7 日的日本偷袭珍珠港，及其引发的美日太平洋全面战争，都只是应证了，美国人早就筹划海岸防御工程的预判的必须。

尽管，这些庞然大物的炮台，仅在其建成后的短短 10 年，即 1948 年，便告废弃。甚至，打从建成，也从未发射一炮以证明其实战的巨大威力。但太平洋战争的全面爆发及其空前惨烈，就足以表明，这些大家伙绝非是摆设。战争中，日本潜艇袭扰美西海岸的事实，仅就给美国人壮胆，这些巨炮也都是足够分量的。

四

下山时，雾正渐渐地散开。路旁的植被，四围的山势，也都渐次清晰起来。不少登山者的彩旗、标识，也都鲜艳显露，在风中晃摆。山路上不时有登山者气喘吁吁地走过。原本静寂的山，随着雾褪，也多了些声响。站在山崖上，也能看见涌动的大海。海风，从海上掠来，有些凉意，也略感湿漉。路旁的荆棘，草丛，也都向着山坡方向，一顺风的倒伏。整个山坡又呈现出一弯一弯的圆丘。好像海浪上了岸。海里的浪，是风使然；山坡的草木浪，也是风使然。这雾一去，眼前的东西就丰富多了。

山的魅力，是登山者领略的，而海水及其沙滩的情趣，则是戏水者欣赏的。缪尔海滩正好与滩头的山势形成一个环抱。如果说，山势是伸延出的双臂，那么，沙滩恰好是这一抱中的一弯缓缓、软软的下腹。海水中，身手矫健的冲浪者随浪起伏，欢声、呼声、尖叫声与涛声交织呼应，连成一片；沙滩上，人甩出飞盘，在空中划出弧线，而狗，则咬着、叫着、追逐着，把飞盘咬拾起来，奔跑到主人跟前，不住地摇着尾巴，玩一出人狗同欢；而打排球的，赤脚、赤膊，来回击打，四围喝彩、助阵的，使沙滩沸腾。

静静地驻足看着沙滩上的游乐，忍不住想到，倘若山上的巨炮真的派上了用场，美国的西海岸也成了战场，那么，这山，这沙滩，这海湾，还会是这样吗？想想那些可怕的、隐蔽的地雷，想想那些战后的各种污染物，这山，这沙滩，这海湾，还会成为登山者、冲浪者、各色休闲者们的乐园吗？

是的，这里是缪尔海滩国家公园，是受国家法律保护，为公民们自由享受的公园，但是，当战火烧来，这一切保护还有用吗？国家公园的保护，只是在和平环境下的保护。

太平洋战争时，日本人不是没想过进犯西海岸，美国人也没把西海岸划出战场之外。换言之，缪尔海滩与缪尔森林的命名，早在此地修建炮台之前，也即是说海滩和公园的国家公园，是奈何不了战争机器的。当年之所以决定构筑海岸军事工事，选的就是缪尔海滩的独特的地势。而将此地选为炮台，即是将此选为兵家必争之地，势必要严重威胁缪尔森林的保护。在决策者当年的天平上，无论海滩，还是森林，比起国家的安全，都被无情地置于可以牺牲的一端。

想到此，禁不住冷汗直冒，心底发凉。

所幸的是，历史终于仁慈了一把，没有上演那残酷血腥的一幕。倘若此，缪尔海滩近旁的缪尔森林，那些千年的海岸红木林，也都将毁于战火！

谢天谢地，我们现在还能走进巨杉红木林，这个已被破坏得千孔百疮的世界，还能保有这片至为珍稀的千年大木！我们也还能登山观海，还能海中逐浪，沙滩游玩，阿门！

看来，国家公园之类人类家园的彻底保护，缪尔虽开了个好头，但事情却远未结束。除了和平年代的保护，还得考虑非和平时期保护问题哟！

来看看红杉、海滩、铁炮吧，值。

2016 年教师节于无名堂

旋转的木马

打从小孙子两周岁生日 party，在伯克利山上的皮尔顿公园坐了旋转木马后，他就迷上这种游戏。两岁的他，刚呀呀学话。一会儿"骑马"，一会儿"horse"，把他知道的中文、英文，都派上了用场，成天就缠着骑旋转木马，真让人欲罢不忍。好在，自山下住处到皮尔顿公园，也就十几分钟车程，下午，早早把孩子接出幼稚园，还能让他在旋转木马关张前，坐上三五回合，过一把瘾。

孩子小，不让单骑，得有大人陪护在侧。内子细心，通常担任陪护，我则在场外，或照相，或坐观静待。于是，整个旋转木马场，近四十匹各色木头彩绘物什，总要一遍遍从我眼前旋过，想不看都不行。

刚看这些木马一圈圈旋转，真觉得索然。这样简单、乏味的重复，有啥意思？无非是机械做功而已。那些斑斓的白马、黑马、褐马、斑马、老虎、狮子、鸵鸟、恐龙、雄鸡、猎犬以及马车，等等，只是不同的木偶，背后，都是机器控制的转

欧美感悟篇

动，哪来生气，鲜活？不过是低水平哄孩子的玩意儿罢了。

是的，来此玩旋转木马多的，就是孩子。孩子多时，尤其周末、节假日，还得排队，甚至排到了户外。看着众多的人，一轮一轮，高兴地旋着木马，那气氛颇富感染力，真让整个场地沸腾，很有些热闹哩。

大人们领着孩子，萌萌的很多，可谓憨态百呈，煞是耐观。孩子大多性急，张着小胳膊嚷着要坐木马。大人用各种方法，总能让孩子们乖乖地等着，一圈旋停后方交票鱼贯而入。看得出，好的社会秩序是打孩子从小在游戏中养成的。孩子的习惯，是从大人那里开始生长的。文化多元的旧金山，在这旋转木马场也能鲜明体现。各色各样的大人、孩子，都在无形中遵循着游戏规则，这木马场，似乎有那么一点常说的"美国熔炉"的意味。

看来，旋转木马真还不是乍看起来那样简单呢。而且，再一细看，来坐旋转木马的，不仅仅是孩子。

真还有不少各色人等，人手一票，跟孩子们一起排队。这些排队的人中，各种年龄的人都有。有十五六岁的小年青。他们三五成群，嘻嘻哈哈，相互打趣，摆各种姿势照相，录影，几无停息。这些欢声朗朗，即将成人的大孩子们，大多选择高大些的木马，多不屑于像小孩子那样栓套系带。且似乎总嫌木马旋得不过瘾，身子也要来回晃动，添一些青春的刺激才够味。他们大概是选择了这样的方式来告别童年，来最后撒一把最后的儿时的野。

还让我关注的是，来此坐木马的成人中，常有成熟的中年人。且多为男女成对。有的，还像孩子似的手牵手。他们多选择坐箱式马车。静静甜甜依偎着，合上眼，享受着木马启动，继而旋转，再加速，减缓，最后停下的全过程。再有条不紊地起身，离去，还不时地流连回眸，相视一笑。居然把如此简单的坐旋转木马，弄得来有滋有味，极富仪式感。也许，这就是他们的青春爱恋过程。看到这样的一对，不禁会引发人想：他们的孩子呢？父母呢？兴许，他们就是要不受家累干扰地，来清静一天，把往昔重温。恰如那首著名的爱尔兰民歌所唱："多年以前，请给我讲那亲切的故事……"

　　小孙子迷上了"骑马"，弄得我们连续好些天都得上山。平日下午四时后，人少，可让他坐一圈，交票再坐，又一圈，甚至玩到关张。而旋转木马却并不因人少而停运，规则不仅是对游人的。

　　一个星期四的下午，人比往常更少，都快关张时，来了位身着白色正装的中年女士。伊的白衣像出席盛大晚会似的，不由得人不注目。有些黝黑的脸，与白衣相衬，显得特色鲜明。她的做派，俨然是职业妇女。就连进场看，也显得那样庄重。她看后出去，很快，又从车里扶出一位白发苍苍，身躯也有些佝偻，右脚也明显瘸拐的老太。那年纪也该在八十以上。从脸相看，这显然是一对母女，不仅脸型，连表情也像。只是一个壮年，一个苍老。

　　"这年岁，难道……"

回答疑问的是"yes"。待白衣女交了两张票后，那老人真就一瘸一瘸地，向着旋转木马走来。显然，这对母女，驱车前来，就是为这旋转木马的。

机器停了，本来人就少的木马场，一下安静下来。就听见老人拖沓的步子一点点走近。从地面到木马，有一层台阶。平时未注意台阶有多高，当这腿脚不便的老人要跨上时，这看似容易台阶，就格外显得高了。那老人试着抬脚上去，都未成功，直到她又换了姿势，用手扶住围栏门，才借着力，踏了上去。老人喘了口气，笑了。

白衣女一直立于一侧，没有伸手帮母亲。但看得出，她虽显得来漫不经心，却一直密切关注、护佑着老母。那老人上了台阶后，她的近旁就是箱式马车。本以为她会就势坐下，让人大跌眼镜的是，这老人居然径直往高出许多的木马走去。伸出一双瘦骨嶙峋的手，竟抓住木马的皮带，还试图迈腿跨上马背哩！

那木马毕竟太高，那老太也毕竟太弱，她试了几次，又调整了姿势，仍然跨不上去。一旁的女儿走上前，扶住老母，在她耳畔轻轻说了些什么。那老太笑了，摇摇一头白发，无奈地坐到马车箱的靠椅上。老太虽未跨上木马，但她身上透露出的那股子倔劲，足以昭示她富于冒险的个性，也许，这就是美国人。

嘹亮的吆喝声响起，木马台又旋转起来，加速中，似有万马奔腾。

木马从我眼前一圈圈旋过，我想，这也许是那老人最后一次旋转木马了。很可能这是她童年的最爱。就像我的小孙子一样。从旋转的木马中传来的脆生生笑声，让老太太眼光一闪，头一扬，顿时，快速旋转的木马中，闪动其银发的辉光。

　　我静静地站在木马场外，陷入遐想：

　　这旋转的木马，是否像旋转的时钟？旋转中的小孩和老人，是否在这时钟的旋转中完成了新陈代谢？佛家常说万物轮回，天上的日、月、星辰；地下的动物、植物；凡有生命者，无不在这旋转中新陈代谢。这轮回中体现的平等、公正，任谁都不能摆脱。无论贫富，无论贵贱，这就是平等，这就是公正。这就是旋转木马的规则。而这旋转，又非简单的周而复始。而是，老的去了，新的又来。这就好像晏殊所言"无可奈何花落去，似曾相识燕归来"之意。而在这"似曾相识"的新陈代谢轮回中，一个人的新，是如何生长成的，其陈，又是告别人生谢幕的，这就各不相同，甚至大相径庭了。所谓新陈代谢之旅，也就是人生的意义所在，亦是人之生命之特色所在。正如佛家说："一花一世界，一叶一菩提"是也。

　　木马是旋转的，骑马的人是不同的。

撰于 2016 年 7 月 27 日旧金山飞重庆 986 航班

欧美感悟篇

伯克利山行

"山不在高，有仙则灵"。此话若用于伯克利山（Berkeley Hills），甚妥。

伯克利山不高，亦不算大。从山之西边的旧金山湾海岸，渐次往上，大约三公里左右，即到山下的伯克利市区。再往东，也即是往上，经两三个街区，便到山脚了。在伯克利市区若乘车，往西，乘52路不过10来站地便到海岸；往东，则换63路，也不过十几站地，便可达山顶。但上山的车稀疏，要30分才发一班。车次虽少，但准时，相差也就几分钟。要乘车的人多掐着时刻来。无人上下，车便不停。所以，靠数站下车，不行。就这样，坐车的人也少，通常空落落的跑来回。上下山者大多自己驾车，若看见路上的人，多半是登山锻炼者，或跑步，或健走，且多配有数步器，把锻炼当事，较真。

这次来旧金山仓促，未及在租房原本就贵且难的伯克利租上房。小女费力不少，才在伯克利半山租到一间房。上下山不便，开始未弄懂乘车，且山上车少，人少，空气好，林木多，

172

禁不住就信步走来。胡乱走了两次，都是往山下。腿脚有点乏，心志却有点欠欠的。总想上山，总想登高，总想凌绝顶一览胜景。虽然，此山无啥绝顶，但登高揽胜，则是心向往之。早起出门，即见阳光明媚，空气清新，目视小琴，伊亦有上山之意。于是，便信步往山上走。无目的，也不急，名副其实的信步。一路清净，干净，安静，只听得鸟鸣风声。路转峰回，沿途景致变换，不觉累，且沿路的外侧常有观景台，虽简便，却可一览整个湾区。除上下的伯克利市区可尽收眼底，还可饱赏蓝天碧海，青云红日下的海湾大桥，以及中间的金银岛，彼岸的三藩市楼群。山路转圜，高度，视角，所见之景观皆随之而换。尤其是海景，忽而云雾一抹，忽而金光万道，忽而又海天茫茫，楼群隐约，大桥断续。故而，凡见山阙处，或观景台，我们总要趋前探看。当此时，才发现旁边的房舍之美。或欧式别墅，或中式楼阁，甚至，就一席阳台凭栏，都是别具匠心。选址定位之妙，房舍建筑之特，林木园艺之韵，早与所傍之山，所植之园，所观之海，所拥之天，融融地结为一体，全无火气，包装，炒作之感，俨然一派天成，早就在那儿了。

如此随意停驻，不断观赏，就上得山来，全然不觉身累，不觉乏味。到了山顶公园。了无遮拦，脚下眼前浮现的，与先前几处观景台所见，又别有一番气象。

目光所及，海天一派。风清云淡，旧金山海湾显得格外壮阔旖旎。

近处，青山绿树掩映，各样房舍，其色调，或艳或素，或粉或蓝；其线条，或方或圆，或锐或柔；其韵致，或雅或幽，或庄或谐；其形态，或实或虚，或疏或辏。从上往下看，错落高低，耐品。再往远看，及见山下相对山上参差起伏的房舍，显得规范方正的伯克利市区，间杂着突出的尖顶教堂。只有紧靠闹市，才有不多的几幢高楼。渐次往下，即是海湾蓝蓝，海面上星星点点的白帆、红帆；海天上几朵悠闲的白云淡淡，而曲线直架构成的海湾大桥，连同桥面数道奔驰的车流，一并汇入高楼大厦林立的三藩市，而起伏的天际线则是天地的尽头。

立于山顶，海山一览，飒爽满怀。所谓，心旷神怡也。

伯克利山居有特色，伯克利的住房本来就贵，而山上的住房比山下，哪怕闹市及伯克利大学周边的住房，还要贵一头。本来，上下山甚是不便，连购物到超市，也得下山，何以房比山下贵？

想来，山居之房舍特色各具，绝无雷同者或掩或现，俱依山傍海，可品可读。皆可揽胜观海。故而，既能满足美国人标新求异之心态，又可离闹市，得一份清净。且多能常观山海，可拓展心志，修养性情，此是其一。

山上房舍园艺俱佳。或大木参天，如红杉，如巨松，或奇花异草。四季出入皆美。能融入山水，本就是生活之构成。小女说，只看房舍周遭的林木，便知房舍贵与否。凡园艺好者，多为有钱人家。因为，打理林木，但请园艺师，价钱俱不菲。而且，美国的房子，住得好，占地款，房屋多，交的税就多。山居之人，多为"成功人士"。如伯克利周遭的大学，研究所，旧金山以及硅谷的大公司等等的高端白领之类。因此，社区治安、管理、氛围俱佳。此其二。

山居虽远离市区，但凡居处，则皆有车道畅达，能在山上买房的人，都有车，故进出便当。下山购物之类，亦是动动车的小事。即便住山下，也得动车，故不算事。而且，有车道亦有小径，且皆标识清楚，如东道盘弯，即有小径斜穿，小径幽幽，皆有横木为阶踏足实在。既方便有车族，亦宜于徒步健身者。山居散步，锻炼绝妙，此其三。

山上林木多，清幽，野物也多。几乎任何时候，都能领略鸟鸣山幽之景。伯克利本就在阳光地带，四季青山，皆有雀鸟，全不怕人。我们一路上山，就拍了不少蜂鸟吮花的照片。还有各种鸟，或飞或鸣，可惜，叫不出名来。山林中还有不少野兽。小松鼠随处可见，不谈。浣熊，狗獾，梅花鹿，臭鼬，狐狸，山猫，野兔等等，不一而足。住山上，能与这些校生灵为邻，人的心，自然就年轻。山上不少人家门前，或廊前，都挂有风铃，鸟巢，以及，给动物喂食的木盒。显然，山上的居民都习惯与小动物们亲和。此其四也。

山上的房舍大多静静地，很少看见人。但行走山间，能感到山上居民的友善。我们在不少房舍前，都看到其主人设置的开放式木橱，内置各色图书，任人取阅，极具情调，富于人文。有点靠路边的房外，还置有木靠椅。椅上落几片树叶，似在邀你入座。显而易见的是，这是为路人准备的小憩处。顿时，让人觉得此山并非纯自然之山。人际的谐和，让人心中一

动。这让我想起在中国西南的一些少数民族地区，路边林荫处为行人置放的一桶清泉，一柄葫芦瓢了。没想到在如此现代化的西方，在富人聚居的伯克利山上，还有类似的风习。

伯克利山，非名胜景点，吾何以谓之"有仙"？此"仙"又从何而来？早自美国西部大开发之际，即加利福尼亚的淘金热之际，现在的伯克利市区还是一片牧场。伯克利山也仅是牧区旁的山林而已。自 1855 年加利福尼亚大学创办，尤其是 1864 年自奥克兰到伯克利，而伯克利 1909 年建市以后，市区的房舍自山下渐次扩展到山上，伯克利山方逐渐发展成如今之状。而此山之"仙"，也是 20 世纪初以后才逐渐随伯克利山养成。所谓"仙"者，便是此山不俗也。能脱俗，超俗，即为"仙"。而此山之"仙"，非为不食人间烟火，羽化成仙之"仙"，而是不流于显富，摆阔，烧包，土豪之俗，能与山，与林，与天，与鸟，与兽等融为一体的亲和，能平时质朴的以深深的人文之气，与山海互补共生。

"山不在高，有仙则灵"，刘梦得斯言不谬。

乙未秋月于伯克利

莱茵河渡

天阴，云厚，风飕飕。

巴塞尔秋深时节。

步出老城，便到莱茵河畔。顺河畔，出城跨河，便是莱茵河桥，此桥又名"中央桥"，其名之所以由来，大抵因其西岸连大巴塞尔（Grossbasel），而东岸连小巴塞尔（Kleinbasel），且正桥头恰好成处十字交叉状之故罢。桥头边两侧，立铜像两组。铜像，显为建桥时（即1903—1905年）所塑。桥及雕塑，打建时起迄今，几无改动，仍留原样。

踏上石桥，桥上风更甚。桥上，中间车行，两厢人行。人行道靠河一面，白石栏杆，素洁，整齐。间有铸铁灯柱。无论灯柱，栏杆，均有雕塑。白石栏直线，每十丈余有曲弧外凸，成半圆弧。圆弧之曲，与桥体大势之直平，相映成趣。致使直平之中有曲，有弧，有节，有韵。半圆弧中可小憩，可看河，可观岸，可幽会。每弧中分之处均竖旗。缤纷斑斓，猎猎风响。有蓝底白星所组圆环之欧盟旗，有红底白十字之瑞士旗，有如白底黑弯号角状之主教权杖标志之巴塞尔市旗。旗飘飘斜向，风疾，哗哗作响。与桥之白，水之蓝，岸之多彩，天之单调，浑然一体。唯桥正中有一石砌小高台，因在桥中，颇显目。其线条、形态虽与桥一体，但仍颇费解。原来，桥初建时，建一小教堂。现仅余基座痕迹，依稀可知此桥悠久。据悉，莱茵河上第一座木桥，为 1225 年建。主建者海因里希冯图恩。老木桥建时，为周边几英里之内唯一跨越莱茵河之桥。水涨水落，雨天晴天，俱可车行，人行。极利交通、商贸、文化发展。故对提升巴塞尔影响力大有裨益。原木桥上便建有小教堂。时在 1356 年，此教堂建于桥中，既非为行人礼拜，亦非为镇水怪河妖之类。其所以建，是因为建木桥后，常在河中之桥上，处决罪犯。其刑，即是将捆绑之罪犯，自高高桥上，扔进滔滔河中。而小教堂则是专为其临刑前之忏悔而设。

然，常有善水之罪犯，侥幸逃生。故桥上行刑之俗于 1634 年废除，刑罚遂改枭首。其刑场自然不再在桥上。小教堂亦随之荒废。现存之石台，便是其故址。游客至此，已不谙旧事也。唯见桥中教堂残基，与滔滔逝水。

桥，约五百余米，便到东岸。转桥头石阶下行，便到河滨道上。河滨道顺莱茵河伸延。右侧清浪拍岸而长下，左侧栅栏爬蔓而缓上。道伴双行秋木而斑斓。一地黄叶，时随西风轻乱。放眼望，直向前方新桥铺陈，渐行渐远。萧瑟一路，沙沙，吱吱，嗖嗖，秋韵步来。更兼河浪湍湍，西风习习，发，飘于面，衣，飞于侧，心，摇于天。

石桥老，行在河滨道上可见不远处有横跨莱茵河之铁桥。铁桥新，本以为步量河岸，踏秋叶，可抵铁桥。然后，过桥折返市区。如此，不走回头路，新鲜，有景，且时间够，身力、心力俱可胜任。然，行至途中，时见白鸥、斑鸭、彩鸳鸯浮游近岸。禁不住移步趋前，寻阶而下，至水边与之亲和。自然，人一近前，禽便稍遁，并不惊恐，也不远去，仅持一段距离。其矜持，自重，自在，不允狎戏，轻慢。大有君子之交之态，煞是有趣。

行至途中，从水边游禽处收回目光，抬头即见，河面上空有一道斜斜彩旗飘荡。最上，瑞士国旗，往下，十数面各色彩旗。自上而斜下，直到河面之小木船。定睛细看，小船正缓缓由西而东，横渡莱茵河。再审看，方知小船之所以横渡，是自上而下之缆所牵引。彩旗练，正系之于缆。而缆，两端系于两岸之高处。缆定，而船不定。而缆之定，致船不离缆之轴，而水流冲船，水之往下之力，因缆之系，而化为横推之力。故小船乃可不借其他动力，而来回摆渡也。此中之原初，自然，简便，质朴，真让人扼腕叹绝。

循着小船横渡之线路，很快便在东岸水边看到一小码头。所谓码头，实乃木栈也。其上接河滨道，其下伸至水中。船来即系靠，客人顺木栈便可登河滨。此时，正见一妇人携幼童自河滨道，行木栈，下至码头。妇人以手牵拽一绳头，铃声顿起，空旷河面，铃声格外清脆，悠悠越河面而去。顿时则见，对岸之小船，闻铃声而缓动，由高缆牵引移来。其招呼渡船之

179

举，亦有十足乡野之气息。

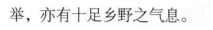

余一行见状，忙吆喝快步，趋前到码头。如此，一则满足好奇，体验莱茵河渡船；二则可节省大截路程，毋庸再上铁桥回城。实在是来得早，不如来得巧，天送渡船也。吾等刚上得木栈，俄顷，小船靠岸。余等络绎登船。待坐定，小船缓行，便见高缆牵引下，下流之河湍，于船侧汩汩白浪，小船平稳，轻捷，悠缓横江。河风清凉而不凛冽，唯听船行所激之轻浪轻拍，实在惬意。

船中仅三五客人，另有一老者。老汉六十开外，脸，身俱精悍，瘦削；平头，浅茬发，色灰白，立硬刷。褶皱脸，双目深凹，光炯炯。高鼻，阔嘴，薄唇，皆如刀削，轮廓分明。老汉硬朗，挺拔。望之峻然，肃穆。然一开口，两排整齐白牙，满面堆笑，又分外亲和。老者轻声，用英语，索渡资一瑞元半克朗，极便宜。与之谈，方知老汉在此摆渡，已逾三十年。寒暑不计，风雨无间。问其累否，倦否，笑曰习惯。随手指对岸，但见红石岩上，教堂高立，塔尖刺天。老者言，此渡专为到教堂礼拜者所设。沿袭至今，仅高缆牵引，已逾一百五十余年。以前非高缆，有汽轮船后，方为高缆，以利河道行汽轮船。不知何时起，礼拜者均惯于摆渡参教堂，即便有桥亦不改其俗。故此渡非为世俗渡，更非为旅游设。然，若有游人来，亦不拒载，一视同仁，盖欣然为之渡。客所登之彼岸，无非天主所在之教堂也。

循老船夫所指，眺望教堂尖塔立于红石崖顶，一派斑斓秋叶簇拥于岩半，一条白浪清流轻拍于两岸，一叶悠缓轻盈之小船横移于河间，再添一天厚厚沉云，更显莱茵河之秋肃、秋韵、秋色之澄净。放眼游心，由上往下，鳞次是苍天，秋云，尖塔，教堂，红岩，黄叶，清浪，游禽，渡船，船中数客，一船夫，俱融于猎猎西风浮动中。实给人身在沧桑，天人集于一帧之感也。

正遐想，又听得老汉言。原来，他正从舱中钻出，手捧一小木盒，揭盖，取一小瓶，至吾等中国客之前，打开，含笑，频频示意，请用。细看瓶中所盛乃小圆饼。吾等忙称谢，拈小饼食之。脆，甜，酥，香，味极好。连声赞，点头如鸡啄米。船夫见状，再三敦请，伸手，续吃。如此盛情，真挚，余等再拿，再吃。老人再笑，甜，纯纯，一如其饼也。事后方知，此饼乃巴塞尔姜饼"莱克利饼干"之民间版也。

饼未咽毕，船已靠岸。逐次登岸，又有客上，老汉及船又离岸。余等疾登半山，忙回眸，老人渐小渐远，仍频招手，余等亦招手高呼，均依依不舍也。

莱茵河渡船，身虽渡，而心留焉。

莱茵河船夫

风霜染鬓短须斑，

清癯身躯背略弯。

摆渡船夫天主使，

长天一缆毕生牵。

（壬辰九月十日于莱茵河上）

无名堂散文

壬辰大雪后一日于无名堂

无憾天鹅

日内瓦湖蓝，上托之天，湛蓝，下斟之水，碧波。上下俱蓝，一色水天也。湖畔泊游艇无数，千桅林立，间与各色彩旗，猎猎招展，斑斓多彩，清风为之舞，蓝天为之映；湖面游禽群聚，三五离合，或白鸥，或斑雁，或鸳鸯，或麻鹜。而最引人驻足投目者，则是楚楚天鹅也。群禽戏水，彩影涟漪，流光荡漾，清波为之弄，水镜为之分。天水之多韵，着实可人。

不仅湖景如画，置身其中，远眺近观，俱勾人流连。更让人醉心，百看不厌者，乃天鹅也。

天鹅之美，不唯其形，而在由其形所生之意象。文化荒芜年代，因看"革命影片"而捎带一瞻《天鹅湖》中四小天鹅舞之风采。从此，其乐曲，舞姿，情景，俱深植脑海。成为美之化身。但从无缘得见自然情境中（而非动物园中圈养）之悠然，自在，与人亲和之天鹅。可谓，心向往之久也。

今置身日内瓦湖畔，见湖上天鹅悠游，或三五群聚，或成双流盼。待人近，毫无惧色，反主动摇颈以亲。白天鹅，其羽

欧美感悟篇

光洁如雪，其喙红鲜黑缘，其掌黄润肥硕，其颈细长柔美。天鹅一动，仪态优容。妙不可言者，其脖也。曲线万千，灵动娇柔。或上下，或左右，或牵伸，或曲迎。忽而引颈天歌，忽而埋翅振羽。灵变轻软，律动有致，举止逸韵，风姿绰约。尤动人心者，其睛，圆而黑，善传神，能与人会意，每见客至水边，便红掌拨浪，不急不缓，主动漫游近人。伸其柔颈，或上仰，或前伸，或颔首，或轻摇，俱含情脉脉，撩人心曲。其所以如此，盖因习惯使然。客每至此，惯投食以饲。投时，或掷于鹅群，或扬之鹅顶，皆优容不迫，适时衔吞。最妙者，白鹅浮水而来，长颈缓伸，轻啄游人摊于掌中之食，其温文尔雅，优柔有致，大有绅士淑女进食之态，毫无力过而啄手之虞。

余与小琴未到日内瓦湖之前，便与闻湖上天鹅可爱，不惧人，好与客交往。今遂愿，身临湖边，小琴难抑其情，快步前趋，至湖畔方驻足。未及立定，便张臂忙呼，以唤天鹅。顿时，天鹅应声而至。长脖优雅一伸，鲜鲜红喙已至。内子顿陷窘境，来时匆匆，竟未备食。无奈，只得双手乱晃，口中喃喃。不料情急之下，竟吐中文。好在天鹅不解人语，亦不理会，仍柔颈频探，红喙屡启，其圆睛紧盯，似诘似问：君岂无食，焉忍戏我？

内子窘甚，急急搜索，衣袋、手包翻遍，仍无半点可喂之食。妻忙呼我，奈何？奈何？天鹅殷殷企盼，忍能负之？之前，我忙于摄影，未及寻食。闻妻唤，即四下乱翻。天不负我，竟于包中寻出食来！然而，仅是小小一粒豌豆。不过，毕竟有一粒豌豆也。急递与妻。小琴亦歉亦喜。急靠水边，摊豆于掌中，天鹅缓缓伸颈，红喙轻衔，稍仰脖，咽下。再以目示妻，欣然颔首以致谢。妻亦频频摇手示鹅。稍对视后，天鹅释然而去。

久久注目，望鹅翩翩游去后，小琴悻悻然，口中直言：还好，还好，未骗你。

日内瓦湖畔，幸有一粒豌豆，当记。

天鹅咏

乞食眼波流，

埋头理羽悠。

人来伸项媚，

曲径动轻柔。

（壬辰九月十二日于日内瓦）

壬辰九月十五于日内瓦

月照波伦亚

一

皓月当空，波伦亚之夜，真美。

宿波伦亚第一夜，便逢中国农历壬辰年之九月十五，有缘。

一轮圆月，悬于古城之空，如天之飞霜，上下皆白。

月圆之夜，余所度也多。然而，于此异国古城，与明月共处，则从未经历。

卧室之窗，正临月。看得久，从月缓缓升，再踱至中空；看得真，月下教堂之尖塔，中世纪之街道，道旁之树影，皆似水洗，洁而净。如梦如幻，让人想起张若虚之写月："江天一色无纤尘，皎皎空中孤月轮。"

日里几乎不间歇游波伦亚，整整大半天，身早乏。此时，在宾馆中，洗漱毕，身心舒爽，望一轮明月，则格外欣然。不仅全无倦意，反神清气爽。默默对月，沐一片幽光。身与脸与眼与心，倍觉空灵、清奇、透彻、净爽。神不禁为月光所掳，往浩渺飞升。岂有眠哉？如此异国之明月良宵，焉能辜负？

小琴已睡。恬恬之鼻息，匀而深。

想张若虚之"愿逐月华流照君""不知乘月几人归"的诗句何其浪漫，洒脱。乘月辉而游心，又何其飘逸，逍遥。明月者，天之灯，夜之心也。与之语，无须启齿发声，则情已溢，兴已至，神已交，心已通。此处之流，唯皓洁之玉辉，轻灵之光语，通透之胸臆，慧心之诗韵，语言又何其苍白。

月光下，日间所见之情景，历历浮现：

入老城，便见城门。此为"撒莱古札"（Saragozza）城门，属建于中世纪之十二古城门之一，其绕城中心达 7.5 公里。城门上悬波伦亚城徽。下有城门洞，洞中有两道车辙旧痕，深深。顿时让人回到中世纪，随橐橐牛车缓缓入城。城门洞高，有大门两扇，其上满布大大而圆圆铜钉，人手可及处，皆铮亮而漏铜黄。门洞两侧有城墙，红砖砌，有苔，其长，至今仍有近二十里。墙外，有深沟，亦是红砖砌，色已深褐，明显早于墙。虽有残，但涵洞之拱仍圆，仍有水流，汩汩。据称，沟乃古罗马时所建。可见波伦亚得名"红砖之城"有其缘由，以红砖建城自古罗马时就有。故波伦亚又号"红砖之城"。红砖之色可谓波伦亚基调。放眼望，远近高低皆红砖色。街道、广场、教堂、深巷、桥梁、民居，皆为中世纪之红砖建筑。年代久远而略显暗淡之土陶红，红中带黄，细看有苔，一片古朴沧桑感。有包浆，有酥光，沉着敦厚之表，暗伏意大利文艺复兴之激情，极耐人深品、寻味。这一红，自古罗马而中世纪，再到现而今之罗马足球队队服，可谓一脉相承。

进城即置身拱穹之下。波伦亚之拱廊（Portico）不仅为意大利，而且是整个欧洲，乃至是全世界之最。据称中世纪时波伦亚市政便有规定，要每栋楼房在其修建伊始，便需建拱廊。以其意大利人之周详、浪漫、精致、风雅，对柱廊之形、之高、之阔、之色俱有具体要求。以利市民可行于廊中，免风雨，避日照，且可保护主楼，利行商坐贾。于是，城中主街要道之两侧竟建柱廊达 35 公里之长。其中最长之圣卢卡柱廊，长达 3.5 公里，建有 666 拱，华丽壮观，让人目不暇接，流连驻足。不愧名副其实之世界之最，拱廊之集大成。

漫步于拱廊之间，古希腊与古罗马之风扑面而来。

拱廊者，即是柱之廊也。乃柱之集大成。临波伦亚拱廊，如入柱之林、柱之博物馆。

柱式者，西文 Order，乃古典建筑之立面生成，以其径为准，展延之柱础（Base）、柱身（shaft）及柱头（Capital）之整柱尺寸，继而算出基座（Stylobate）及山花（Pediment）各部尺寸。因其比例尺寸、形制风格等各异，又可分为古希腊三个柱式与古罗马五柱式。

古希腊三柱式曰多立克柱式、爱奥尼式及柯林斯式；古罗马五柱除上述三样式外，另添混合式柱式（Composite Order）及塔斯干柱式（Tuscan Order）。于波伦亚拱廊，则可睹各色柱式。每一独立区间，皆自成体系，各具特色，而 35 公里长之拱廊，则便各色齐聚，琳琅满目，美不胜收。

多立克柱式建于阶座之上，无柱础，柱身镌 20 条凹槽，柱头呈倒圆锥形，光素无饰，其比例通常为 6:1，即柱之直径为 1，柱为高 6。整体雄健、孔武、壮硕、有力。其象征为男性美。所以多立克柱又别称"男柱"。此"男柱"，非中土谦谦君子，儒雅飘逸，风流倜傥，而是古罗马之武士，肌肉健美，轮廓分明，线条笔挺。

爱奥尼柱式竖于基座上，其身镌 24 凹槽，柱高为其直径之 8－9 倍，柱头外卷，有一对向下之涡卷状装饰，极富曲线美，或如绵羊之角，或如美眉之卷发。其形秀美、娉婷、清丽，修长，其象征为女性美。故爱奥尼柱又别称"女柱"。此"女柱"，绝非东方女性，纤巧秀丽，飘摇袅娜，而是西方佳丽，高挑俊美，金发碧眼，光彩照人。

爱奥尼柱之气质，优雅、尊贵、圣洁、高傲，其变体即为柯林斯柱（Corinth），其比例比爱奥尼柱更为纤细、秀顾，其柱头以毛茛叶（Acanthus）纹装饰，而非爱奥尼亚式的涡卷纹。而毛茛叶交错环绕，层叠敷设，并以其卷须花蕾杂于其间，仰观似盛装花草之篮，置之于圆柱之顶端，其风格即由爱奥尼式之娟秀、柔美、典雅，而一改为奢豪、堂皇、富丽，极具装饰性。

柯林斯柱加上爱奥尼柱之混合式柱式，更显华美、富态、张扬。

至于塔斯干柱式（Tuscan Order），则是罗马人在参照伊特

欧美感悟篇

189

鲁里亚人传统之基础之上发展而来。其柱身无凹槽，柱础为一个圆盘及一块方板。

上述诸多柱式所构成之波伦亚拱廊，蔚为大观。组合之样式之多，变化之活，形状之特，空间之妙，让君置身其间，无论前瞻，或回眸，不计左顾，或右盼，可谓每行一步，眼前均为之一新，精神亦为之一振。所见之景，无雷同，去单调，总嫌看不够。柱式之多，所构成之拱廊形制亦多。或扇形穹窿，或菱形穹窿，或四体穹窿，或交叉穹窿，或筒形穹窿，或网状穹窿。其又组成各色连拱廊，变化更多。加之光线投影，或顶光，或逆照，或斜辉，或阴影，无不随景而因情变换，平生出不尽情趣，无边感受，堪称美不胜收。至于可免日照、雨淋、风侵、雪掩之实用功能，更是无与伦比，天下一绝。人行其间，无论刮风下雨，天何以变，皆得以保持其优容、雅致、潇洒、风流。踱步拱廊穹窿之下，可从大势、细节上认知意大利人，叹服其真不愧是爱艺术入骨、尚自由入魂之民族。

虽日里匆匆一游，然夜间脑海尽是拱廊，经此一遭，波伦亚之特色拱廊，便再难释怀。

然而，波伦亚之绝，还不仅在拱廊、双塔、青石长街及深巷，而在其大学也。此亦为吾专程诣波伦亚之旨也。波伦亚大学与这一切融为一体，不仅水乳交融，不可分，亦分不开，且相得益彰，互为映衬。

二

大学始建于 1088 年。其早，堪为世界之最。肇始于欧洲之时下流行之大学，其源盖发于此。

波伦亚双斜塔，其名虽逊于比萨斜塔，但却为波伦亚城之地标，亦为大学之所在。两座斜塔矗立于 Porta Ravegnana 广场。周遭之深巷，皆通大学之不同学院。大学最早之学院，为法学院，始建于 1088 年，而双斜塔则建于 1109－1119 年。虽晚于法学院，但却与大学其他学院一同生长。迄今已逾 10 万之众之大学，其诸多学院皆陆续建成，甚至至今仍在发展。其主要构成，历时达数百年。双斜塔可谓与大学共生，且见证大学壮大也。

双斜塔是中世纪所遗。彼时，波伦亚城之望族皆竞相建塔楼。一来以彰其势，显其富，二来以示对主之虔诚，以亲教会，以徕部众。波伦亚城竟建有塔楼逾 180 余座。遗留至今，仅存 15 座。双斜塔即在其中。双斜塔中高者，曰"阿斯涅里"（Asinelli），其高，达 97.6 米，近百米。乃阿斯涅里家族所建。建成，即为中世纪波伦亚之最。经测，现已偏离垂直线 1.3 米，其阶多达 498 级；双斜塔中矮者，比高塔矮一半，也有 48 米之高。其为望族"盖瑞顺达"（Garisenda）所建，更是无人去攀爬，现已倾斜达 3.2 米。双塔俱斜，但所斜方向不一。据称，建时两家族斗富、斗气、斗狠。谁料塔建至中途，盖瑞顺达家族底气不足，败下阵来，只得服输，草草收场。双塔皆高，于深巷中犹显纤瘦。加之其又倾斜，便更觉高拔。自其建成，迄今已达 800 余年，波伦亚人早已见怪不怪。故塔下之市民，学生，三五成群，皆悠然自得，全不以为然。

欧美感悟篇

以双斜塔为轴心，辐射四周，便是波伦亚大学。环顾大学校区，同样的意大利式红砖，同样的迂回拱廊，同样的教堂宫殿，同样的深厚底蕴。不同的，是浓郁的校园氛围和挥之不去的青春气息，哪怕是那些贴满大大小小纸条的告示栏，上面的内容都会有无限的生命力，售旧书、演出PARTY、交友、甚至无厘头的玩笑都可以堂而皇之地成为主角，这就是年轻的资本，总会不遗余力地为无穷无尽的激情找到出口。

整个大学并无围墙，全无明显界限。大学与城混为一体，毫不在乎大门之类气派。好大学不是靠门面来装点的，名校之学统，既不是豪华，也不是排场。同时，大学更非衙门，无须防范市民。故波伦亚乃名副其实之大学城。波伦亚有绰号，因美食多而有"肥胖之都"，而"学习之都"则因大学而闻名于世。始建于1088年之欧洲最古大学（University of Bologna），乃欧洲四大文化中心之首，故享盛誉为"大学之母"。自中世纪，大学便久负盛名，为众多学者们竞相往之之学术圣地。但丁、彼德拉克、丢勒、伊拉斯谟、哥尔多尼、伽利略、哥白尼、马可尼、伽伐尼等先后在此求学或执教，或既求学又执教。

然大学何以自法学院始，则是问题。

余一行步入法学院中，仍可见其中世纪之原貌。学院仍保留中古教堂之四合楼院。靠墙处有一石雕像，外护以铁网，显为建院伊始所塑。可惜，未看清像主姓氏。不知是否为学院创始人，亦为大学创始人之依内里奥之像。若是，应名至实归，当之无愧。

依内里奥等于 1088 年相聚，从修辞学、逻辑学、语言学等诸方面共论《罗马法典》。据记载，最早参与讨论的学者有佩波内、依内里奥和格雷茨亚诺等人。讨论既大有收获，于时下之教会与世俗事物之廓清，对城邦之有序发展，对贵族与市民之权限厘定，均极有益。实在难得，珍贵，必须记载下来。庚即，学者们听取了依内里奥的四位弟子的建议：应成立一个专门收藏、保存、传布、讲授的实体，这便是大学的雏形。须知当时并无印刷术，亦无纸张。而是记载于羊皮卷上。故倍觉罕有，其见解、知识、诠释、例证均须保存，为后世所资，所借，所鉴，所学。且彼时交通最捷乃马车，聚会论道实属不易。故讨论之果，固当传世，以利后人。遂招弟子以传，斯为大学之肇始也。

法学之所以为大学之伊始，之火种，之酵母，之基础，细考之，有其必然。法者，立法，法典也。西文 legal，其词根源自 Long，即久长、长远、长等等之意。此长，既可丈量空间，亦可测算时间，除具象之长度丈量外，还可表示抽象之理念，精神之长度。因此，西文之逻各斯（英语：Logos，希腊语：λόγος）亦以之为词根。逻各斯源自古希腊。由希腊哲学家赫拉克利特（Heraclitus）率先提出。他认为永恒之活火，便是宇宙之秩序与法则。万物之生成及转化，均须尺度（metron），这便是逻各斯也，这也是逻各斯源自既可丈具象，亦可测抽象之"长度"（long）之缘由。赫拉克利特认为，宇宙之秩序、活火、逻各斯乃同一概念之不同表述。而人间之法律秩序即源自逻各斯，即宇宙法则。先有逻各斯，而后有自然与人类之正义之本。知其这一西学之法学渊源，便不难理解，西学之探讨法学，何以溯之以宇宙秩序之源。而逻各斯是一种隐秘之智慧，乃世间万物变化之微妙尺度并准则，为宇宙间万物之理性（拉丁语：ratio，转为法语即为 raison，再转为英文之"理智" reason 与"理性" Rationality）和规则，它冲塞于天地之间，弥漫无形，无时，无处不在。

Phlosophia，哲学，便是由"爱"＋"智慧"而来。这一"智慧"便是"逻各斯"。这亦即是古希腊智者们酷爱之所在。"智者" Sophistes 与"智慧" Sophia 之词源联系显而易见。智慧其义或指韬略见识，如学识，政治等方面，或指实务操作，如手艺、技巧之特长。而其根本之智慧，则是逻各斯这一隐秘之智慧。西文中之"meta－"，作为构词之前缀，便是"在某某之后"或"在某某之上"等义。如"物理"（physics 希腊文 φυσικά，拉丁文 physiká））本为"自然，自然之产物"，转义为"自然物体运动之理"，亚里士多德（Aristotle）在其前加希腊文 μετά（即拉丁文 metá，英文"meta－"），即为"metaphysics"（拉丁语 metaphysica），其义变为探究"在自然之后"或"物理背后之道"，中译为"形而上学"，而这一中译竟源自日文。系日本人井上哲次郎（明治时期）由 metaphysic 翻译而来。亚里士多德在其对逻辑、义蕴、原因等抽象知识之讨论中，将上述范畴俱编排在其讨论物理学之著《自然学》（Physiká）之后，并赋其标签："在自然学之后"（τὰ μετὰ τὰ φυσικὰ βιβλί α，拉丁语 ta meta ta physika biblia，意即在《自然学》之后之作）。

中文译名"形而上学"取自《易经》中"形而上者谓之道，形而下者谓之器"一语，日本学者井上哲次郎显然具有深厚之中学学养。这一翻译足见其底蕴。亦可见即便步入西学之宗，古希腊之学术殿堂，从中学之根中亦能找到与之对接之处。

而法学之"形而上学"即为逻各斯。故而有此形而上学之源之法学，便非仅限于诸如规定、惩罚、权利、责任、义务、证据、原告、被告、审判等等之类法务条款，而要究其法律之背后，究其法之理，法之学，法之哲之宇宙秩序之关系。意大利时为多民族之聚合，无法理，便无法之普适性，便不能治理、统御多民族之国家。所以，由法学而溯逻各斯，便顺理成章也。

如果逻各斯是宇宙万物之秩序，那么。"逻辑"（logic），便是这一宇宙秩序在人脑中的反应。而通过人脑之逻辑反映出之宇宙秩序，再用语言（language）表达出来，故而，逻各斯、逻辑、语言，便形成了三位一体，其词根均源自（long）。而后，一则，因宇宙秩序反应在诸多方面，故人类可在诸多方面受其作用、影响，从而感悟到其存在，二则，受其自身时间、空间等诸多限制，从不同角度，以不同方法，又形成其理论解释系统。所以西文中之后缀（–logy），加之以不同角度，方法，理论，体系，便又成了某某学科。如，从生命运动角度便有"生物学"（bi + ology），从地质运动角度便有"地质学"（ge + ology），探究万物造化之神理，便有"神学"（The + ology），从人之心理活动角度便有"心理学"（physc + ology），等等，不一而足。

古代希腊哲学家似乎有个默契，没有人振臂一呼，则形成共识，认为宇宙万物看似混乱，各不相涉，然而，透过其纷繁外表，似有有一个可以理性探究的秩序。这一秩序，有其必然规则支配其运动。而其本质则与逻各斯潜在相通。斯多亚的逻各斯包括两个部分，内在的逻各斯和外在的逻各斯。万物内在的逻各斯，其本质就是理性、逻辑，是这一本质在人脑中的反映，而语言则是逻各斯外在的表达与阐述。而把希腊哲学这一逻格斯概念，与犹太教，即是基督教的前身之造物主——上帝——联系起来的，则是斐洛·尤迪厄斯（Philo，公元前30—40年）。这一亚历山大里亚学派犹太人宗教哲学家，因其对犹太神学及希腊哲学的深刻了解，又正好与基督教的创始人耶稣同时代，故而敏锐地意识到希伯莱文化、希腊文化、基督教文化三者间的内在联系。

斐洛认为，早在希伯来语的圣经《塔纳赫》中，就有"上帝有无上的智慧，以言辞创造世界"之理念。这与赫拉克利特的逻各斯观念内在相通。而希腊哲学与犹太教虽流异而源同。一部旧约充满了对上帝智慧的赞美，开篇的《创世纪》就是上帝以言辞创造世界。据此斐洛认为，逻各斯所宗的万物内在秩序，就是上帝的智慧；逻各斯所化生出的外在的、表述万物及其多彩的语言，就是上帝的言辞。故而，两者相通。

继而，斐洛进一步将希腊哲学的逻各斯观念纳入犹太教，他认为，逻格斯就是上帝以之创造世界的工具，借此中介，人可和上帝交通。因上帝的智慧，是通过其所造之物体现的。这种思想直接影响到了基督教。在创作于 2 世纪的《约翰福音》中就说："太初有道，道与神同在，道就是神。"而"道"在希腊语的《圣经》中，就是 λόγος（logos）。于是，从斐洛到了《约翰福音》，犹太教发展到基督教，上帝直接和"道"和逻各斯三者贯通，完成了从古希腊，而古希伯来，而后的古罗马的三大文化交融。但是其一脉相承的影响还是了然的。有人把希腊文化和犹太基督教文化，喻为哺育欧美乃至整个西方文明的两大丰乳，如果说，这一说法成立，其双乳的躯体则是大学为代表的整个西方教育体制。而大学，则肇始于波伦亚大学。如果说，斐洛完成古希腊文化、希伯来文化、基督教文化之三大文化之融通，那么，从波伦亚大学开创的西方大学体制，则是以逻各斯为中心的主流载体。

三

波伦亚大学兴于 1088 年，距古希腊智者时代已去 1500 余年。由赫拉克利特提出之逻各斯，至此，虽仍保有逻各斯、逻辑、语言这三大要素。但其术语已转为具有十足基督教含义之"三位一体"（拉丁文：Trinitas，英文 Trinity）。这一概念之发明者德尔图良（或译特图里安、特土良，Tertullianus）。他认为耶稣是"三位一体"之化身。

"我们相信只有一位神，但是因着这个安排，这独一的神有一子，就是他的道（逻格斯），是自他而出的，万物都是借着他（道）所造成的。……而照着神之应许，子就从父差遣圣灵，就是保惠师。"

于是，圣父为首，圣子居中，圣灵在后，就构成了"圣三位一体"。尤值得提出之问题在于，圣三位一体之提出远在基督教未成罗马帝国之国教前。这一理论基础提前了整整两百年。

生发于犹太教之基督教，亦继承了犹太教之"智慧"概念。家国尽失之犹太人，绝望中渴望被拯救，而这能拯救者，便具有超凡神力。而神力中最重要者，乃智慧之力也。其力，与神同在，与神同体，名曰"弥赛亚"，中译"救世主"也。"弥赛亚"有四化身：新先知、新教师、大祭司与国王。新先知，乃可预测者也，可先知先觉，知事于未发，故可预，可先机；新教师，则以之先知先觉，去教化、启迪众生，以结同心，以合众力；大祭司，以祭祀、布道而上通神灵，下运俗众，化主之教谕，为民之组织；而国王，则是世俗之政权。这四者俱合于"弥赛亚"。

德尔图良实际上一则接受"智慧"，二则改造"弥赛亚"四化身为"圣三位一体"。将纯粹神祀，转变为对逻各斯这一隐秘智慧之理性探索。

公元 312 年君士坦丁大帝颁布《米兰敕令》，使基督教免除被迫害，得以合法化，再到 389 年迪奥多西大帝正式奉基督教为国教。从此，信奉多神崇拜之罗马帝国皈依到上帝版图中。而且，很快就居于基督教传布之中心。从热烈奔放之多神崇拜，转向了理性森严之上帝信仰。

于是，认识世界，解释世界，必须从上帝始；

于是，奉"圣三位一体"为根本，充斥了教会之全部显现方式；

于是，把一切知识当作是逻各斯这一隐秘智慧之派生便是应有之义；

于是，古希腊之哲学要素：逻各斯，逻辑，语言，继而法等等，便有了基督教之形式。

于是，波伦亚大学便可自法学探索始，而后生发出医学、神学、艺术、理学、文学、天文、地质、生物等诸多学科。

奉逻各斯探索为神圣，尽管是以圣三位一体形式，以上帝之名义，使大学在基督教世界不仅具有了合法性，而且具有了神圣性，其后派生出之学科亦能冠之以" – logy"这一有逻各斯神圣意蕴之后缀。

另一方面，又因这一神圣性，使之能得到皇帝费德里克一世之赞同及认可。继而于 1158 年颁布法令，规定大学不受任何权力影响，作为研究场所享有独立性。因为，既是"圣三位一体"，是"弥赛亚"（救世主），那么，世俗之权利又岂有资格、名分、能力去问津、管理？于是大学之事，便是神圣的，应让其自治。继而，市民们便允许大学实行学生自治，并与之达成契约，从此成为欧洲大学的学统。

通过特许与契约创建大学，乃最古老之大学，后成为诸多欧洲大学建立之模式。这种大学组成之形态，及其所焕发出之人文精神，是其生长为"大学之母"内在生命力之关键。

嗣后，波伦亚大学日益发展，从文艺复兴早期的十四世纪伊始，紧接继法学之后，博洛尼亚大学感召力剧增，先后又迎来了众多的逻辑学、天文学、医学、哲学、算术、修辞学以及语法学等方面的学者。1364 年，大学建立了神学院。而神学一词很有意思：Theology 由 The + ology 构成，前者，定冠词，且大写，意即"造物主所造的"；而其后缀 – ology 一加，则是"关于造物主所造之物的逻辑体系"，汉语译为"神学"。既是造物主所造，造物主的无所不在，其逻辑体系也顺理包容万象。因而，才有众多科学史和文学史上的名人都曾经在这里求学、研究或从事教学工作。造物主所造之物，没有世人所划之学科界线。来此学院的学者众多，其中最著名的有圭多·圭尼泽利（Guidodi Guinizelil）、但丁（Dante Alighieri）、弗朗西斯克·彼特拉克（Francesco Petrarca）、奇诺·达皮斯托亚（Cino da Pistoia）、切科·达斯科利、雷·恩佐（Re Enzo）、萨林贝内·达帕尔马（Salimbene da Parma）和科卢乔·萨卢塔蒂（Coluccio Salutati）。尼古拉·哥白尼在这里学习教皇法的同时，开始了自己对天文的观察和研究。诗人但丁、彼特拉克，按类划分为文学，而哥白尼则是天文学家，按类，则划在物理或天体物理。这些都是后人所为，与原先的神学院完全无涉。神学院是研究关于造物主所造之物的一切，是按主所造而来的，并非按学科门类来的，须知学科划分是按后来英国的弗朗西斯·培根的大百科体系，时间晚了整整一百年。

在法学院之后，渐次又创办了医学院，文学院，理学院等等，大学的规模可谓基本具备。

四

这一由教会办学之波伦亚大学模式，在基督教世界迅速波及开来。教会办了大学，使教会如虎添翼。而这一翼，借艺术与理性使教会大大发展，反过来又极大地促进了大学发展。

波伦亚兴大学之风，悠悠飞临大洋，渡过英吉利海峡，从水路传布开来。

1168年，英国创办了牛津大学（University of Oxford），大学建于牛津，以地命名。乃英语世界中最古老之大学。迄今已逾九世纪。1209年，牛津学生与镇民爆发冲突，事后，一些牛津学者迁至东北方之剑桥镇，遂成立剑桥大学（University of Cambridge）。此后，两校彼此竞争，如著名的两校于剑河上每年举行一次之赛艇比赛，便是其在竞技体育方面之典型竞争。而在学术研究、人才培养等方面，两校竞争更是激烈。

牛津大学为英国培养了6位国王、26位首相（其中包括格莱斯顿、艾德礼、撒切尔夫人和托尼·布莱尔）、多位外国政府首脑（如美国前总统比尔·克林顿）、近40位诺贝尔奖获得者，及一大批著名科学家，如经济学家亚当·斯密、哲学家弗朗西斯·培根、诗人雪莱、作家格雷厄姆·格林、化学家罗伯特·波义耳、天文学家埃德蒙多·哈雷等。就连 2001 年诺贝尔文学奖获得者维·苏·奈保尔，也毕业于牛津大学英文系。到 21 世纪初（2001 至 2002 学年），在牛津大学就读的学生总数超过 1.65 万人，其中，来自 130 多个国家的外国留学生占了 1/3，在校研究生的数目约为 5000 人。牛津大学为人类文明进步贡献巨大。

剑桥大学培养了 7 位英国首相以及 70 多位诺贝尔奖获得者。其著名之三一学院，便直接来源于"圣三位一体"。科学巨匠牛顿、卡文迪许、丁尼生，哲学家培根，经济学家凯恩斯，大诗人弥尔顿、拜伦等均出自该院。

大学之风再临苏格兰。中世纪之际，便陆续崛起了安得鲁斯大学（Andrews University，1411 年）、格拉斯哥大学（University of Glasgow，1451 年）、阿伯丁大学（University of Aberdeen，1495 年）、爱丁堡大学（The University of Edinburgh，1583 年）。

上列四所苏格兰古大学，均为著名之教育及研究中心。在人才培养，科学研究，社会发展诸方面均有建树。此处仅就建立最晚之爱丁堡大学看，亦可见其办学成就之一斑。

该校为苏格兰长老会资助创办，其所拥有的大师便有文学家、诗人司各特，文学家斯蒂文森，自然学家查尔斯·达尔文，物理学家詹姆斯·克拉克·麦克斯韦，哲学家大卫·休

无名堂散文

谟、穆勒，数学家托马斯·贝叶斯，作家阿瑟·柯南·道尔，发明家亚历山大·格拉汉姆·贝尔，英国前首相戈登·布朗，美国独立宣言签署人约翰·威瑟斯庞及本杰明·拉什，等等。

爱丁堡大学共有九名诺贝尔奖获奖人，一名阿贝尔奖获奖人。其与英国皇室保有良好关系，菲利普亲王、长公主安妮公主先后就任校长。

学贯中西之辜鸿铭通晓数种语言，著作等身，亦曾就学于爱丁堡大学。

对异教之限制，继而迫害，一方面在国内古典大学中壁垒森严，致使无数优秀国民无论学子，或者教师，因其非英国国教徒之身份，而被阻隔于大学之外；另一方面，致使英吉利、爱尔兰、苏格兰之清教徒远迁海外。

为避宗教迫害，满载清教徒之"五月花号"，漂越大西洋，来到新大陆。从此，这片先前之英帝国殖民地，独立战争后之美国，创办了大学。为美国最终成为世界首屈一指之超级大国，提供了源源不断的人才。

哈佛大学（Harvard University），是 1636 年马萨诸塞之剑桥大学。

耶鲁大学（Yale University），是一所坐落于美国康涅狄格州纽黑文市的私立大学，始创于 1701 年，初名"大学学院"（Collegiate School）。耶鲁大学是美国历史上建立的第三所大学，今为常春藤联盟（The Ivy League）的成员之一。

耶鲁拥有众多杰出的校友，共有 5 位美国总统毕业于耶

鲁。他们分别是美国第 27 任总统威廉·霍华德·塔夫脱、第 38 任总统杰拉尔德·福特、第 41 任总统乔治·赫伯特·沃克·布什、第 42 任总统比尔·克林顿以及第 43 任总统小布什。耶鲁创造了惊人的奇迹：连续 3 届总统都出自耶鲁！乔治·布什是耶鲁著名的秘密团体骷髅会的一员。克林顿总统是耶鲁法学院的校友。克林顿与他的夫人希拉里就是在耶鲁法学院的图书馆里相识的。著名影星朱迪·福斯特和詹妮弗·比尔斯都毕业于耶鲁文学院；梅丽尔斯特里普毕业于耶鲁戏剧学院。影星爱德华·诺顿毕业于耶鲁大学历史系。《时代周刊》的著名专栏作家凯文·翠林都是耶鲁校友。

在耶鲁大学众多的学术精英中，有 13 位学者曾荣获诺贝尔奖。经济学家嘉林·库普曼斯，著有数理经济理论方面的著作，探讨了经济发挥最佳作用的条件；细胞生物学家乔治·柏拉德，研制成组织制备法，发现了几种细胞结构；化学家拉斯·昂萨格，提出了不可逆化学过程理论；物理学家默里·盖尔曼，完整地提出了关于亚原子粒子的理论知识；作家辛克莱·刘易斯，重要作品有《大街》《巴比特》《阿罗史密斯》《埃尔默·甘特里》等；微生物学家约翰·恩德斯，成功地在非神经组织的培养物上培养脊髓灰质炎病毒；物理学家欧内斯特·劳伦斯，发明了第一台高能粒子加速器枣回旋加速器；生理学家迪金森·理查兹，改进并使用心导管技术；遗传学家乔舒亚·莱德伯格，发现了细菌遗传物质的组织和重组机制；生物化学家爱德华·塔特姆，研究出遗传突变影响了某些细菌、酵母和霉菌的营养要求方式；物理学家小威利斯·兰姆，通过实验使量子电动力学更为准确；微生物学家马克斯·泰累尔，成功研究了黄热病；生物学家悉尼·奥尔特曼，证明核糖酸能对细胞的化学反应起催化作用。

耶鲁曾培养出一大批杰出的中国留学生，包括容闳、詹天佑、颜福庆、马寅初、晏阳初、李继侗、杨石先、施汝为、陈嘉、王家楫、高尚荫、唐耀、杨遵仪、应开识、林瓔、沈南鹏等等。其中，容闳是第一位取得美国大学学士学位的中国人。

在美国历史上，有 5 位总统毕业于耶鲁，耶鲁凭借其优秀的学子创造了一个政坛的奇迹。所以，耶鲁素有"总统摇篮"之称。教员之间经常开的玩笑就是："一不小心，你就会教出一个总统来。"

除了总统之外，它还培养了众多美国政坛上光彩夺目的领袖人物：如美国国务卿希拉里·克林顿、美国副总统切尼（虽然辍学，但也出身耶鲁）、民主党总统候选人克里和利伯曼、美国司法部长约翰·戴维·阿什克罗夫特，参议员詹姆斯·杰福兹、国务卿塞鲁斯·万斯、印第安纳州州长罗伯特·奥尔、俄亥俄州州长理查德·塞莱斯特、印度裔参议员麦克·班尼，甚至还有韩国总理李洪九等一些外国政治家。

据相关数据统计，自 1789 年以来的美国内阁中，9% 的成员来自耶鲁，10 余位美国最高法院大法官都曾在耶鲁学习。耶鲁毕业生还成为众多著名大学的创始人或第一任校长，如普林斯顿大学、康奈尔大学、约翰·霍普金斯大学、哥伦比亚大学、芝加哥大学等，并因此将"美国学院之母"的桂冠奉献给自己的母校。

而担任美国企业领导的耶鲁人，数量也远远超过其他大学，飞机设计师和企业家波音、可口可乐公司董事长罗伯特·戈伊苏埃塔、国际投资家罗杰斯、TIME 创始人享利·鲁斯、联邦快递创始人弗雷德·史密斯、IBM 公司前董事长约翰·艾克斯都是世人皆知的人物。

耶鲁也为美国演艺圈输送了大批光彩照人的文艺明星，其中最为中国观众熟悉的是以主演《苏菲的选择》和《克莱默夫妇》而两度夺取奥斯卡奖的梅里尔·斯特里普，以及曾凭借《暴劫梨花》《沉默的羔羊》分别荣获第六十一届、第六十四届奥斯卡最佳女演员的朱迪·福斯特，还有曾主演《美国 X 档案》和《搏击俱乐部》的爱德华·诺顿，《X 档案》中的男主角大卫·杜楚尼，以及克莱尔·丹丝、朱丽叶·哈里斯、保罗·纽曼、山姆·沃特斯顿、亨利·温克勒、Jennifer Beals 等。

波伦亚兴大学之风，翻越皑皑阿尔卑斯山，顺陆路播延开来。

法语世界里，1180 年创建了巴黎大学。巴黎大学不仅建立早，引领了法国之大学潮流，而且其影响还波及到法国之外。其建校时间虽晚于波伦亚大学，但发展势头更迅猛，堪称中世纪欧洲大学之典范，著名如牛津、剑桥等大学，都受其办学模式影响。如今之巴黎大学在国际上享有盛誉，以四多著称于世：一，学生多，现已逾 30 万之众，占全法大学生 1/3 之多；二，留学生多，亦达 5 万，占全法留学生 1/2；三，科研机构多，如巴黎第十三大学即有各类实验室 100 余；四，图书馆多，综合性、专业性强，供各色人等使用。

仅中国留学生中著名者就有：严济慈、许德珩、钱三强、陈寅恪、施士元、杨秀峰、王力、王毓瑚、汪德昭等。其中施士元为居里夫人培养之唯一中国博士。此外，巴黎大学亦是"西方汉学之都"。

著名学者傅斯年曾指出："说到中国学在中国以外之情形，当然要以巴黎学派为正统。""而近八十年中，以最大的三个人物的贡献，建设出来中国学上之巴黎学派。"此三者便是茹里安、沙畹和伯希和。

德语区内，1348 年创立了布拉格查理大学。1365 年创立维也纳大学，该校是奥地利历史最悠久的大学，也是德语区国家最古老的大学之一，成为先后获得 27 位诺贝尔奖获得者的母校。维也纳大学是中欧和多瑙河地区繁荣的学术研究中心、欧洲的科学"麦加"，是培养精英和巨匠的摇篮之一。诺贝尔物理学奖的艾尔文·薛定谔，1906 年于维大读物理学，师从著名物理学家弗朗兹·艾克斯纳，5 年后留校任职。1914 年获理论物理博士资格，从事物理法则的统计作用的工作。1921 - 1922 年受聘于苏黎世联邦技术学校，他的前任即为爱因斯坦，后辗转于柏林和牛津，直到 1956 年回维也纳大学。他突破经典物理学的概念，用数学物理方法演算出量子现象的公式，由

欧美感悟篇

于他在物理学上的突出成就，1933 年被授予诺贝尔物理学奖。

康杜德·诺伦茨是 21 世纪最有影响的生物学家。他不仅是行为比较学的创始人，而且也是进化论的奠基者（仅次于达尔文）。诺伦茨 1928 年在维大获医学博士学位，1933 年完成动物学和哲学课程。1937 年获动物学博士，1940 年在昆尼希堡（现加里宁格勒）教授比较心理学。战后在维大任讲师，1949 年主持奥地利科学院行为比较研究院。1951 年赴德国巴伐利亚，1961 年担任那里的行为心理学院院长。1982 年再度回奥地利格律瑙继续从事行为心理研究。1973 年他和另外两个同仁因在精神病学和心理学上所取得的成果荣获诺贝尔医学和生理学奖。诺伦茨一生获得大大小小奖励和荣誉无数，其中之一就是他一直是维大的聘用教授。

其他的著名人士有奥地利政治家、前总理和总统伦纳（K. Renner, 1870 – 1950）；前联合国秘书长、奥地利共和国前任总统瓦尔德海姆（K. Waldheim, 1918）；历史学家、奥地利前总理西诺瓦茨（Sinowatz – Fredl, 1929 – ），物理学家多普勒（Ch. J. Doppler, 1803 – 1853），遗传学家孟德尔（G. J. Mendel, 1822 – 1884），精神分析创立人弗洛伊德（S. Freude, 1856 – 1939），奥地利病理学家、免疫学家、诺贝尔奖金获得者兰茨泰纳（K. Ladsteiner, 1868 – 1943），德国生物学家贝尔（K. E. von Baer, 1772 – 1876）等等。

巴塞尔大学，成立于 1460 年，是瑞士最古老的大学，巴塞尔大学有 950 名教师，其中 300 名教授，女教师占 10%，巴塞尔大学的生化系居世界领先地位。曾在巴塞尔大学任教的化学家 TadeusReichstein 于 1933 年发现了维他命 C，并于 1950 年获得诺贝尔医学奖。

海德堡大学，1386 年建。

科隆大学，1386 年建。

莱比锡大学，1409 年建。

哥廷根大学，1734 年建。

波恩大学，1777 年建。

柏林大学，创建于 1809 年，倡"学术自由"。

西班牙语区，帕伦西大学，西班牙，1212 年建。

葡萄牙语区，里斯本大学，1290 年建。

斯拉夫语，莫斯科大学，1755 年，据罗蒙洛索夫建议所建。

进入工业革命以来，一方面社会发展对大学需求日益加强，另一方面，大学自身的平等、自由观念的深入人心，又引发了两大方面的发展：一是以伦敦大学建立为标志的对旧的教会大学垄断的突破；二是以美国中西部大学，日本、中国等亚洲各地大学创办为标志的基督教世界以外的大学风兴起。

伦敦大学的创办是对旧教会大学体制的突破，美国、亚洲等地大学的风起是扩散，这两者又有密切联系。

伦敦大学学院，于 1826 年 2 月 11 日成立。其立校之宗旨就在于要把大学办成世俗性大学（secular alternative），不再像古典的、具有极强宗教色彩之大学（如牛津大学、剑桥大学、爱丁堡大学等）对异教设置壁垒，而是要广纳海内外才俊，使之入学、教学，从而具有广泛的兼容性。于是，非英国国教徒，可以入学，可以教学。这一世俗开发性，尤受海外那些为求西学，求新知者欢迎。该校为英语世界，亦为非英语世界造就了大量精英。自办学伊始以降，直到二十世纪，世界各国学子纷至沓来。

这所非宗教性之名校为印度培养了圣雄甘地（Mohandas Karamchand Gandhi），他发起并领导了"非暴力运动"，奠定了印度之独立，后被尊为"印度国父"；泰戈尔，著名作家，诗人，1913 年诺贝尔文学奖得奖者，为首位亚裔诺贝尔奖得主。为新加坡培养的有新加坡前总理李光耀及新加坡前后两任总检察长 Tan Boon Teik 和 Chao Hick Tin。为香港培养的有前香港最高法院上诉庭副庭长、首位华人高等法院按察司李福善，前香港理工大学校长潘宗光，发明了光纤通讯的高锟（Charles K. Kao），前香港首席大法官及前香港行政会议成员杨铁梁，以及前香港知名模特儿、演员，现为香港富豪李兆基二儿媳的徐子淇。还培养了来自缅甸的昂山素姬（Aung San Suu Kyi）；来自中东及非洲的乔莫·肯雅塔（Chaim Herzog），肯尼亚国父、第一任总统；，毛里求斯第一任总 Sir Seewoosagur Ramgoolam；特立尼达和多巴哥政府首脑、前总统 Sir Ellis Clarke；尼日利亚股票交易所创始人 Chief Bayo Kuku。

伦敦大学学院为中国也培养了大量俊才：伍廷芳，中国最早之外交家，翻译家；卢嘉锡，前中国科学院院长；卢杰，国际著名的"长征计划"的发起人和总负责人；夏鼐，前中国社会科学院考古研所所长，新中国考古事业的领导者与奠基人；陈占祥，中国著名城市规划师、建筑师；傅斯年，国立台湾大学校长；张道藩，中华民国第四任第一届立法院院长；还有费孝通、徐志摩、龙永图、梁百先、潘宗光、杨铁梁、李业广、刘慧卿、余若薇、陶杰、陈占祥、陈帅佛、刘攻芸、吴庆瑞、刘汉铨，等等。

来自日本的伊藤博文，是日本近代政治家，第一任内阁总理大臣（首相）、明治维新元老；森有礼，日本首任文部大臣，被称为日本"明治时期六大教育家"之一和"日本现代教育之父"；夏目漱石，日本"国民大作家"；井上馨，明治维新五杰之一，这批毕业于伦敦大学学院的日本精英，回国后即发动了明治维新，把日本带进了现代社会。

伦敦大学培养的各国精英层出不穷，难以穷尽。

清新而又强劲之兴办大学之新风，随西方坚船利炮之东侵，亚洲遂被西学化。这一大学模式远逸出基督教世界。日本精英回国，创立了按西方大学，尤其是伦敦大学模式经略之现代大学。如庆应义塾大学（1858年），以日本孝明天皇之年号"庆应"为其名，为日本最早之私立学校，由福田瑜吉创立于江户，是为"兰学塾"也；再如，东京大学（1877年），为日本近代第一所大学，创办之旨即在"富国强兵"，可谓明治维新之产物。

清末，大学风传到中国，也开始了兴办新式大学，如京师同文馆（1862 年）、北洋中西学堂（1892 年）、南洋公学（1893 年），等等。

随着美国中西部的开发，美国大学的西进也日渐强盛。尤其是著名的《莫里尔土地赠予法案》的出台，更是大大推进了这一进程。1855 年加利福尼亚大学（以下简称加州大学）才创建，其办校时间远不可比肩于东部的常青藤大学。但其发展迅猛，很快就跻身于美国著名大学之林，以"西岸的哈佛大学"闻名于世。加州大学起源于 1853 年建立在奥克兰的私立加利福尼亚学院。1866 年加州议会常设委员会根据林肯总统签署的《莫里尔土地赠予法案》决定建立一所"农业、矿业和机械工艺学院"，但苦于没有合适的校园，而当时的私立加利福尼亚学院正缺乏办学资金。人们就想到了将两者合而为一，创办一所综合性大学。后来居上的加州大学拥有 10 大校区，为美国，乃至世界培养了大量精英，仅诺贝尔奖获得者就逾 60 名之多，其在全球大学的排名长期高踞前茅。

五

大学自波伦亚兴，其影响极为广泛，有四大学统可谓之基因。一，为全球大学开创了大学办学模式；二，对逻各斯之探索、追求、证明，引领了人类对知识领域的不倦探索，极大地促进了理性思维及其相伴生的科学发展；三，奠定了自拉丁文发轫的学术传布，交流传统；四，为学术共同体之自由、自治、自尊。

人类有教育，其源久矣。教育有基础，高端之分，亦由来久之。成建制，规模培养高级人才，也非波伦亚大学创始。譬如，远的不谈，仅宋时的书院，就早于波伦亚大学，且早成勃兴之势。但宋季之书院虽已出了国门，传至日本、高丽、越南等地，却仅为儒家文化、汉字文化圈的书院，未被全世界接纳，成为公认的、与国际接轨的大学。一方面，儒家文化和汉字文化传布了书院，另一方面，则又限制了书院。这一点，波伦亚大学做到了，其办学模式为世界接受。其被目为世界"大学之母"，当之无愧。究其原因，早期的传布，随基督教而兴，是其重要原因。而大学对逻各斯之理性追求（科学恰好被视为是追求逻各斯的重要构成），则又使之能摆脱宗教的桎梏。早期借宗教而兴，成熟后又能脱宗教之茧壳，是因为波伦亚大学之办学模式有其内在的生命力，这便是对逻各斯的追求。

对逻各斯的追求是无穷尽的。将逻各斯同老子的"道"，相提并论，继而比较之学人不少，而两者比较最突出的相似，在"道可道，非常道"之上，创立了诸多学科。张隆溪先生哈佛大学的博士论文便是《道与逻各斯》。

由拉丁文发轫之学术，致使拉丁文体系中的语言成了"学术主流"。尤其是随着拉丁语体系中之英语，因日不落帝国之扩张，成了"世界语言"。那些非英语世界之大学，必须学习英语，并以之为职称晋升、国际交流之形式；甚至以英语刊布论文、发表演讲，已成"与国际接轨"之象征；世界多元文化，有理无理，俱得向以英语为载体的这一"主流"汇聚。按照剑桥大学著名的李约瑟先生之说法，现代科学之所以未在中国产生，而在西方产生，关键在于西方文明的中轴是拼音文字。他说："拼音文字有助于营造抽象和理性思维的环境条件，典章化法律、一神教和逻辑都是西方特有文化要素，它们都是在西方形成的，它们为抽象科学的发展奠定了基础。"李约瑟的看法是从另一个角度，即拼音文字角度表明了西方对逻各斯追求的普遍存在。

中世纪草创的波伦亚大学，可谓学生自治大学。大学，肇始于法学院，学法之人，不仅学法理，穷学术，更应躬行实践。学生自己的这点事倘不能弄好，何以以其学而行天下，治理邦国。此可谓典型的从自身做起。大学，既为探索逻各斯，其探究主要依仗理性，于是这种活动具有神圣性和超然性。神圣性，非世俗，故不受世俗权力干预；超然性，非具象，乃理性之逻辑推演，要管，也无形可管。精神是纯粹的，是自由的。故而，大学的事，只能自治。教授少，学生多，学生自己管自己的事，遂成传统。此传统，自波伦亚大学确立后，在很长时间内，随波伦亚大学办学模式之传布。又在其他新建大学内得以继承继和完善。至 13 世纪时，渐次发展出一种教授（或教会主教团）领导的大学，今天，我们常说的所谓以"教授治校"为主要标志的大学体系，便是由此生发而来。

学生自治之合法性源于契约。中世纪大学乃教会主办。学生出资礼聘教授，便可集全欧知识才俊、精英于大学。此外，学子们与城市世俗政府谈判，获其特许，租赁房舍以之为校舍、并由学生自行裁决学生事务。如此，学生在上述两种契约皆处于主动。而自治之组织，其源便是各种同乡会，继而，在同乡会基础上，联合为具有法人资格之两大公会：以阿尔卑斯山为界，形成南、北两个学生会，其名称为 universitas。此风一起，遂为欧洲大学之或学生、或教授治校，开了极好的头。追根溯源，时下的教授治校之始基，亦奠于波伦亚大学学生之自治也。

西方世界在经历了数百年所谓"中世纪黑暗"之后，终于在波伦亚城诞生了波伦亚大学。这一大学，在当时只能由势力最大、财力最雄、资源最富、人才最多、影响最广之基督教教会创办。这一原本为弘扬教义而探索逻各斯的大学，最后，竟开启了人类摆脱圣谕教条桎梏大门，以人文复兴及随之而来的科学实证，全面推动了人类思想解放时代的到来。波伦亚大学生的学统基因，在而今世界上的几乎任何一座大学里，都能看到其传承与变异。

大学，在人类发展史上的作用，怎么估计也不过分。

放眼窗外，波伦亚的夜空澄明、净洁、祥和、清澈。那圆月渐渐移向中天，月夜下的波伦亚那样静谧、安详。

圆月，辉映波伦亚，映照整个世界。

初稿于 2014 年 9 月，定稿于 2015 年谷雨

旋升的塔阶

一

早在谋划路线时，小琴就提出，此行必得包含比萨城。学物理的她，对比萨斜塔可谓神往久矣。她说，有机会到意大利，登斜塔是其首选。

壬辰九月（2015 年 10 月），终克成行。九月十五月圆，夜宿波伦亚城。次日清晨，即从波伦亚往比萨。一路高速，不到 3 小时，即到比萨。未来比萨前，脑袋里对比萨的了解有二：一，比萨饼；二，比萨斜塔。及到比萨方看到比萨城墙、城门，城里的房舍、街道、大教堂等等，皆古色古香，一派中世纪风貌。而且，这古韵，全不类国内旅游地，打造些所谓古城，给人矫情、造作、虚伪、浮嚣之感，如瓷器之赝品，全无酥光、包浆。一入比萨，顿觉时光倒回中世纪。所见皆本色，全无任何造作，也无造作之必要。古城、老街、大教堂皆为比萨斜塔同时之物。其所建城时，就相得益彰，谐调融洽。从问世到而今，几无折腾，时下旅游热了，也不见什么炒作，没有政府、商家来刻意开发，也不见任何招徕游客之类宣传。

有些许游人，既不冷清，也不热闹，更不喧嚣，壅塞。一切都那么平淡，自然。就连选好的摄影位置，也难见排队等候。偌大的大教堂广场及斜塔景区，星星散散的二三百人，真好。到哪儿，都无人杂、挡景之虞。任君横看竖看，从各个角度，借蓝天白云托衬，拍你想拍之久慕恋人。

斜塔的倾斜，其奥妙尽在角度的转换。视角一变，所衬之天，所投之光，所分之影，所描之状，顿觉迥异，其境为之一新，其神亦为之一焕。妙极。

小琴竟跑到三百米开外，让我也拎着相机，为之拍其用手力推斜塔、使之不倒伏之状。要拍出这样的效果，得让人推之手与斜塔倾斜之边缘完全吻合，这得不断地调角度，再看效果。好在数码相机可随拍随看。试了几次，总算交差。学物理的也真是，想得出来。既摆布了斜塔，也摆布了摄影人。

未来比萨，就知道斜塔。照片、影像不知看过多少。但全然不能与身临其境相提并论。蓝天澄净，湛蓝，简直透明；白云素洁，淡雅，悠游轻柔；草地茵茵的，绒绒的，铺一层绿，还带点秋日的鹅黄。这一切都在衬托那闪着白玉幽光的斜塔。斜塔，本就是白色大理石所造。意大利素以"石材王国"著称。其质地，其产量，其进出口额，长期以来均居世界首位。而古建筑、古雕塑大多以大理石为之。眼前的比萨斜塔，就是托斯卡纳本地所产的大理石所建。可谓白色大理石之极致。衬

217

在蓝天、白云、绿地间，是那样的玉洁！一派圣洁之气度内敛而显然。说是内敛，是其近千年的岁月，使其酥光内蕴，全无一点浮嚣、张扬之气；说其显然，是其美那样炫目、高贵，典雅从骨子里透出。那大理石的素洁，颀长倾斜的身姿，让人一见，就油然生敬。

二

比萨斜塔（意大利语：Torre pendente di Pisa 或 Torre di Pisa，英语：Leaning Tower of Pisa）建于比萨城北奇迹广场之上。既为比萨大教堂配套，又相对独立的钟楼。就在斜塔所在广场草坪周围，散布着一组宗教建筑：大教堂（建造于 1063 年—13 世纪）、洗礼堂（建造于 1153 年—14 世纪）和陵园（建造于 1174 年）。难得的是这一群建于中世纪的宗教建筑，均是白色大理石砌成。与建于 1173 年的比萨斜塔风格完全一致，皆为罗马式建筑。以奇迹广场宽敞的绿地为中心，形成一派赏心悦目的中世纪古韵。倘慢看细品，这些建筑又各自独立，各有功用和特色：大教堂庄重静穆，庞大的体量，让你深感教会力量的博大；洗礼堂则在素雅中透出些许浪漫、亲和；陵园的白色大理石则让人想象天国的圣洁，与端庄的圣十字，缤纷的鲜花浑然一体，全无阴鸷之气氛。

唯一排队之处便是斜塔入口。"斜塔"，乃后起之名。此塔，原本是钟楼。因塔内的阶梯是盘旋而上的。其旋升是越往上越仄狭，故每次放二十人进入，每批限时三十分，待其出来，再放下一批。故需排队。等了约二十分钟，我们得以登塔。刚进入口，则见右侧墙上镌有碑铭。未及细看，先用相机拍下，后来辨识方知为钟楼始建年代："A. D. MCLXXIV. CAMPANILE HOC FUIT FUNDATUM MENSE AUGUSTI"，译为"此钟楼奠基于公元1174年8月"。后查阅文献知其实为1173年8月。

据文献又知，斜塔由著名建筑师那诺·皮萨诺主持修建，原高设计为100米左右。但动工伊始，仅五六年后，便发现塔身自第三层始，渐呈倾斜状。倾斜，一直持续，以致工程时断时续。整整建了200年才告竣工，而倾斜仍未随完工而结束。倾斜，未能终结建造，但却大大影响了原定设计。建成后的高度从地基到塔顶58.36米，露出地面至塔顶55米。塔呈圆柱形，墙体地面宽4.09米，渐次收拢，至顶则为2.48米。据学者们测算，全塔总重量约为14453吨，这对研究倾斜至关重要。其重心在地基上22.6米处。塔之圆形地基面积为285平方米，故可求出其对地面之平均压强为497千帕；倾斜达10%，即5.5度，偏离地基最外沿2.3米，至顶，则达4.5米，换言之，从地基外沿旋升至顶，逐步偏离了2.2米。

斜塔原本是与大教堂配套的钟楼。史载最早的教堂，是建在君士但丁堡的圣索菲亚大教堂。那时，罗马帝国已分裂，东罗马，即拜占庭帝国，首都在君士但丁堡。自《米兰赦令》基督教渐获自由后，很快成了罗马帝国的国教。这才有了名正言顺的教堂、礼拜、布道、讲经、弥撒、洗礼等等，遂有了专门的神圣所在。又因需召唤信众，遂需建造钟楼，以撞钟召唤，教堂配置钟楼，渐成定制。而钟楼需建得高，钟声才传布远，四乡信众才能在一个时间赶到教堂礼拜。不仅基督教有钟楼，伊斯兰教经堂亦建钟楼。只是其称谓有异。阿拉伯语翻译过来，意为"尖塔"、"高塔"、"望塔"，又叫"宣礼塔"或称为"唤礼塔"。此塔到了中土，或因其译音，称"邦克楼"，或揉入中土意蕴，曰"望月楼"。后者，并非仅是文士风月之谓。此塔的功用一为呼唤宣礼，一为观察新月以确定斋戒月起讫。可谓名副其实的"望月楼"。阿拉伯语呼之"米厄宰奈"，既是清真寺建筑的装饰，亦是其标志。基督教的钟楼其功用也有既唤信众，又观天象。没有这样的钟楼，不会产生伟大的哥白尼，也不会产生 1582 年格里高利历，即世界现在使用的"公历"。

三

大教堂兴建造于 1063 年，洗礼堂随后始建于 1153 年，钟楼建于 1173 年，陵园则建造于 1174 年。可见大教堂体量最大，也是教堂建筑群的主体，工程量也最大，故而最先定位，最先动工。也应有筹款、备料、施工等原因，须得分期、分批进行。大教堂动工 90 年后，方着手洗礼堂工程。又 20 年后，才有钟楼及陵园的动工。大教堂历时 200 余年，于 13 世纪建成，洗礼堂亦历时 200 来年，至 14 世纪落成。很显然，大教堂与洗礼堂在修建中，均未发现倾斜，唯有钟楼出现了倾斜。

而发现时，大教堂工程已进行了 100 多年，洗礼堂亦进行了 40－50 年。就连后动工一年的陵园，也进行了 20 来年。换言之，全城的教会工程，已投入甚巨，无论人力或者物力，且又规模初具，倘因钟楼倾斜而致工程作罢，这对教会主持修建者，对比萨城广大信众，都是断难接受的。钟楼，所以能在倾斜发生之后，仍能在争议与担忧中推进，继而最终建成，若没有对主的绝对虔诚，对信仰的彻底坚守，对意志的毫不动摇等等宗教之狂热激情支撑，斜塔是绝对建不起来的。按照现代科学、理性、规范施工的模式，绝不会有比萨斜塔！

塔，倾了，斜了，比萨的工匠及设计者也发现了。除了现实的考量之外，他们还多了一层科学理性难以解释的宗教激情：他们认为，倾斜，是主对他们虔诚与否的考验。他们若动摇，不仅钟楼没了，关键是信念坍塌崩溃了，他们没了来生，没了天国，没了永恒。这远比物质损失，甚至失去生命，更让他们难以承受！

明白了这一点，便明白，为什么最关心斜塔命运的是比萨人。一方面，比萨人忧虑斜塔倾斜，另一方面他们则骄傲、自豪，不仅为故乡拥有世上独有的斜塔，更在于他们认为，他们经受了由斜塔而赋予的主的考验：坚信斜塔不会倒下。并由此生出了一句俗语，比萨塔像比萨人一样健壮结实，永不会倒。

倾斜与塔伴生，既为其隐忧，也为其特色。

因其为隐忧，建成后，数度关闭，引来诸多学者从各方面关注、研究。

建成后的若干世纪，可以说建成至今，专家们都未停止对斜塔倾斜的好奇与探究。探究是综合的，多学科的。分析斜塔的全部历史，测试斜塔相关的建材、结构、地质、水源等等。把凡能用上的各种先进的仪器，都拿来探测。一个长期观测该塔的、名叫盖里教授，根据他所观测到的倾斜速度，继而推算：斜塔照此速度倾斜，则将于 250 年后，因塔身的重心转移一旦超出塔基外缘，就不可避免地会倾倒。

这一推测，惹起了比萨斜塔服务局的研究者们的反驳。他们认为，仅据数学推算不可靠，因为，斜塔不倒的历史早已证明，比萨斜塔乃是"一个由诸多事实复杂交织而成的综合性问题"绝非单一因素。另外，反驳者们还指出，斜塔的倾斜发生过变向：一度向东倾斜，尔后又转向南倾斜，故而历时几百年斜而不倒。

根据比萨中古史学家皮洛迪教授的研究，他指出塔身的每块大理石，都是石雕佳品，雕琢、打磨无比精致细腻，以至于石与石之间，粘合严丝合缝，极为巧妙，甚至连刀片也难插入。这种粘合，使整个钟楼连成一体，即便倾斜了，也像是一根巨大的，连成一体的石棍，倾斜地插入地里，石棍不解体，钟楼也就不会坍塌。这也便是，为什么钟楼倾斜了却能有效防止因塔身倾斜而引起之断裂发生。这也便是斜塔，斜而不倒的原因之一。斜塔不倒，未必就归因如此，但比萨斜塔之石材工艺精，粘合实，则是公认的事实，至少起到了延缓钟楼倒塌的作用。

四

钟楼自 1173 年始建，历时 200 年。其间虽因出现倾斜而时建时停，但严格说来，倾斜并未导致工程有太多延期。同时先后在建的比萨大教堂与洗礼堂并未发生倾斜，也仍然历时 200 余年方建成，大教堂 13 世纪建成，洗礼堂 14 世纪落成。可见以大理石为主体的建筑，完全靠手工打制石材，且俱为极为精美的石雕艺术品，要快也快不起来。实际上，中世纪意大利的建筑艺术，几乎全是手工艺术，全是倾其身心所为的结晶。

譬如我们三日前游览的米兰大教堂（Milan Cathedral），又称"杜莫主教堂""多魔大教堂""朵摸教堂"。该教堂号称是世界五大教堂之一，其建筑规模居世界第二。我们，从瑞士，经法国，穿阿尔卑斯山之勃朗宁隧道，来到阿尔卑斯山南麓。米兰，便位于南麓的奥隆那河畔。该城历史悠久，地位重要，为罗马之外意大利第二大城。大教堂始建于 1386 年，至 1897 年才最后完工，历时整整五个世纪。拿破仑在其尚未完全竣工之际的 1805 年 5 月 26 日，在米兰加冕为意大利国王。他极为高明地借助了米兰大教堂之辉煌、气派、神圣之势，为强占意大利平添了教会威权。而巨量的米兰大教堂，是世上最大的哥特式教堂，同时又汇集了多种民族的建筑艺术风格。其建筑风格，既包含哥特式、新古典式，又涵盖了称巴洛克式。可谓几个世纪艺术精华的集大成。米兰大教堂从上往下鸟瞰，整个建筑呈一个仰放在大地的拉丁十字架，其长度大于其宽度。其寓意明显：受难的大地如同耶稣受难的十字。据说，大教堂里就收藏有耶稣十字架上的铁钉。而313年罗马帝国皇帝君士坦丁一世和李锡尼在此颁布的《米兰敕令》（拉丁文：Edictum Mediolanense，英文：Edict of Milan，又译作米兰诏令或米兰诏书），便是基督教在罗马帝国苦难终结的标志。故而大教堂的建立意义非同寻常。这也是为什么拿破仑要在米兰大教堂加冕意大利王冠的意义所在。他巧借了米兰大教堂结束苦难的寓意，要让意大利在其加冕之后，结束一切苦难，从此和平祥瑞。从而使其由外来的入侵者摇身变成奴役的解放者、幸福的缔造者。米兰大教堂具有圣地的一切魔法。大有化腐朽为神奇之功效。可以洗白强占者身份，使之获得拯救者的合法身份。

因米兰大教堂的神圣意蕴，自然吸引了众多杰出的艺术家为之奉献智慧、激情、才华。文艺复兴巨匠达芬奇·布拉曼特为大教堂画过无数设计稿，并为解决登上这座建筑的难题，发明了电梯，从而使得大教堂更添魅力。

而众多的大理石及大理石的极致雕刻，又使米兰大教堂赢得了"大理石山"之称谓。当19世纪那幽默成性、以调侃为能事的美国作家马克·吐温，第一次见到由素洁的白色大理石砌就的米兰大教堂之际，也忍不住由衷赞道："大理石的诗。"

尽管比萨教堂群历时近300年，不及米兰大教堂历时500余年之历史悠久，但其背后蕴含的道理，则有很多发人深思。

一个，或一群建筑，动辄修建数百年，缘故何在？

热情持续，不减不退；理念执着，不改不变。对前人的发起，能自觉认同，发自骨子里的尊崇，化在血液中的传承。不会追风赶潮，翻来覆去折腾，更不会推倒重来。信仰的一贯与执着，可谓民心所向。此乃需求的土壤未变，仍能将这样的建筑继续营建。此为恒定之美得以生发的首要。

任何理念，激情，都得践行。对于这样巨量的，以宗教建筑为中轴，汇聚众多艺术门类的美轮美奂的集大成而言，粗略分至少两大类：一，物类；二，艺类。物类，涉及组织、征地、筹款、管理等等；艺类，则需创意理念、建筑及其相关各方面艺术规划、施工设计及推进等等。有些是开始就得确立的，一以贯之的；有些则需不断调整，反复修正，持续演进。而无论物类的资源聚集，计划的落实，或是艺类的智慧融汇，谋篇布局，都有一个几百年来恒定不变、行之有效的主持、经略系统。组织、管理的保证，是动辄几百年工程的必备。

具备了理念及与之伴生的激情，又有了强力的主持及切实贯彻的组织，以及充裕的资源和一流的规划设计，还远远不够。如此庞大且旷日持久的工程，必得由各行各业顶尖的工匠，来逐一化为具体的艺术。而三五百年的工程，所依赖的就不是一代或几代人。倘按三十年一代计，三百年的工程，就需十代人。而五百年的工程，就得十六七代人。这就意味着，一个如此庞大的工程，同时又是一个各行各业劳作兼传承的大学校。而这种传承，俱是在实作中，边劳动，边创作，边传带，边实践得以实现。明白了这一点，便明白中世纪的帮会行业所

225

盛行的师徒制的重要。而在意大利这样的帮会教育，尤具特色。哪怕进入现代社会了，在意大利传统的手艺行业，仍能看到其深远的影响。正是这种传帮带的模式，为这些数百年一以贯之的工程解决了人才需求，也是其各方面的艺术风格得以恒久持续、继而形成独特风格的关键。

上述所有一切得以具备并发挥效用的根本，又在于对这一庞大建筑群需求的社会土壤，数百年基本保持不变。而且一个地区的人口，其家庭、社区、城镇等等，也都基本稳定。这才能够，一方面持之以恒地为工程输送资源、劳力、智慧等等；另一方面，又能成为整个家庭，乃至家族的跨代企盼。尤其是教堂总建有陵园，这就使其居民，譬如比萨人，从生下来的洗礼，到成亲的婚礼，再到临终的弥撒，直至安葬入陵园，都与之息息相关。换言之，这是灵魂的所在，是乡土的根。社会的稳定，乡土的归宿，深厚的家国乡土要与主同在的亲和感，是这类伟大文化得以创造、延续的社会精神与物质存在的土壤。

无论立于巍峨辉煌的米兰大教堂前，或者惊叹于比萨斜塔的奇妙之际，都能深深感到上述诸种因素综合而恒久，且又潜移默化、无时无处不在的聚合作用。来此，能感悟这些，也算有所得了。

五

比萨斜塔吸引小琴一个重要的因素，便是自由落体实验的传说。据说，1590 年时，出生于意大利比萨城的著名物理学家伽利略（GalileoGalilei，1564 – 02 – 25—1642 – 01 – 08），在斜塔上做了自由落体实验，推翻了以前奉为圭臬的亚里士多德的理论。小琴来此，想亲眼看看斜塔，看看斜塔能否进行自由落体运动的实验。

斜塔高，从地面到塔顶55米。其倾斜角度5.5度。从塔顶的外沿往下坠物，中途不会有任何阻挡。可垂直落地，空中时间可持续3.35秒。故而，物体之坠落，即便在裸眼观察的中世纪，也能看得清清楚楚。就物质条件论，是可以进行实验的。

有条件进行实验，只能证明在斜塔进行自由落体实验，并非无端妄言之空穴来风，而不能证实在此确实进行过这一著名的实验。到底有无这一著名实验？可谓科学史上一大悬案。

最先讲述伽利略在比萨斜塔做自由落体实验故事之人，乃伽利略的学生维维安尼（Vincenzo Viviani，1622—1703年）。他在1654年所写的《伽利略生平的历史故事》（1717年出版）一书中，明确记载了这次实验。但蹊跷的是同时代的比萨大学其他人，甚至伽利略本人，均未有记述这次实验的的任何文字。维维安尼的记载，根据何在？还有无其他旁证？正因为孤证难立，历史上对伽利略是否在比萨斜塔做过自由落体实验，便一直存在着争议。支持者和反对者都有。可谓名副其实的悬案。1612年，还有人登上比萨斜塔，刻意做了这样的实验，而其目的恰好是为了反驳伽利略。其结果，是两球并没有同时落地。

即使重力加速度不变，两个球体所受空气阻力不可能绝对一致，因此两球不会一起落下。这即是鹅毛和铅球不会一起降落的原因。由于存在空气阻力，不能将两个球体都视为自由落体。而这个现象，恰好证明伽利略的实验理论正确。因为，在真空中，排除空气阻力的物体，无论多重，都将遵循自由落体定律。

如果说，伽利略是否在比萨斜塔做了自由落体运动实验尚有争议，那么他在比萨大教堂内，久久发呆似地观察那从上垂下的、铜制吊灯的摆动，从而完成了其发现摆动等时性定律，则是不争的事实。那时的伽利略，年仅 19 岁。但正是这年轻与好奇，开启了他动力学研究的序幕。从而奠定了他"近代力学之父"以及"天文学之父"的声誉。伽利略是比萨人，而比萨的洗礼堂，为之洗礼，只是比萨教堂旁的陵园内，无缘安葬科学家。伽利略 1642 年 1 月 8 日逝世，在被迫害的穷困忧愤中辞世，葬于佛罗伦萨圣十字大教堂墓地。尽管，伽利略因《关于托勒密和哥白尼两大世界体系对话》一书，支持哥白尼的学说，1633 年被罗马宗教裁判所，以"反对教皇、宣扬邪学"，判处终生监禁，致使其晚景悲凉，最终瘫死他乡。但三百多年后的 1979 年 11 月 10 日，罗马教皇不得不在公开认错宣称：1633 年对伽利略的宣判是不公正的。这一举世瞩目的科学冤案终得昭雪。伽利略用了几百年证明了比萨人信奉的俗语：比萨塔像比萨人一样健壮结实，永不会倒。

学物理的人来比萨，堪称朝圣之旅了。太值。

学理科的人实在，不仅亲自考察了斜塔及其周边，且老要想尽量还原当年伽利略实验的情形，还不时提出些问题。看罢环境，便进入塔内。从外墙地面算，仅宽 4.09 米，而塔内仅 3 米多，且呈渐次收拢状，越往上越狭仄。至顶塔内空，顶多 2 米左右。塔高 55 米，塔内也有 50 余米。而这 50 余米的上升，全是盘旋环升的石阶。石阶仄而陡，越往上越仄陡。

　　下面所谓宽处，两人上下交汇，也得侧身。而到最仄处，仅容一人侧身而过。石阶和墙体，均为白色大理石。塔内灯光幽暗，灯座悬吊，还是中世纪点烛光的式样，古香古色。墙体人扶手之处，皆已摩挲锃亮，留有明显手掌痕。而脚下盘旋上升的大理石石阶，中间踏步处，也呈凹状，而且每一级均凹陷，石阶边线也不成直线。很显然，墙上的摩挲痕与石阶的凹踏痕，都是此塔自建起后，没日没夜，上上下下，所有人留下的岁月。这些经年累月的痕迹，耐看，耐摸，更耐品读。不仅让人感到岁月无声的流韵，更能感到无数上下的人，上去撞钟召唤信众，或塔顶对话星空；下去时若有所思，步履踟蹰之状。

　　甚至，无论伽利略心事重重的登塔，或后世学者欲反驳伽利略的实验，他们都在这些墙痕、阶痕上留下气息。也许是想到这些，小琴竟一下脱下鞋袜，赤足踏上白白的大理石阶。一步一步，轻轻地踏着，旋升而上。她说，脚下踏玉洁的大理石，那凉凉的感觉，真好。与石阶吻合得严丝合缝，轻柔而恬静，让整个心，乃至整个人，都静了下来，感觉格外细腻，亲切，似乎觉得与整个斜塔内，无形无声弥漫的那股子静谧中飘浮些许神秘、幽微中闪烁不定的圣灵气氛，特别切合。这感觉，只有比萨斜塔才能赋予。

塔内石阶陡而仄，且光线幽暗，想寻个好角度，又不愿加闪光，把小琴拎鞋袜、赤足踏阶的自然状摄下来，还真不容易。且不时有人上下，总拍不遂意。这不是作秀，摆拍，难得来，也难得再来，试了多次，总算为伊留下来美好的形象。

照片拍得满意与否，吃不准。但却得诗数首，聊以为记：

比萨斜塔

身随斜塔倾，阶旋我云行。

手揽青云过，神追岁月乘。

钟敲天主近，物落速加增。

白玉蓝天素，阶痕脚踏轻。

（壬辰九月十六日于比萨）

题比萨斜塔小琴照

身来斜塔脑眩晕，仿佛轻言智者临。

抛物依稀眼前落，清阶赤足印芳痕。

（壬辰九月十四六日于比萨）

石阶痕

天梯旋转上苍穹，

欲探天堂仰太空。

日月星辰谁主宰，

阴晴气象可神功。

晨昏上下从无懈，

寒暑送迎多反躬。

脚踏清阶红烛照，

石痕无语性灵通。

（壬辰九月十六日于比萨）

西江月·斜塔咏

一柱云天高拔，

同心日月圆融。

谁知地陷塔基空，

反倒神来天纵。

塔上物抛灵验，

人间风靡神功。

后来居上声名隆，

学界纷争传颂。

（壬辰九月十六日于比萨）

诗即兴所得，不来此，绝写不出来。有文、有照、有诗、更有遂了心愿的亲切感受，看来，无论学不学物理，来比萨斜塔，都值。

2015 年 4 月 28 日于无名堂

跋

此集子时断时续写了几年。其源，粗分大致有三：

一为平时至山野考察有感而就。如《红豆》则是至桂林雁山园时，见胡适先生所谓仿作山歌而发。其所谓"诗"，是不敢恭维，胡适当年，也即是应景即兴而为，也许没当一回事。而今之园方竟以之招徕四方，这就以其败为荣了，不得不说上几句。

《马兰花之梦》是到青海金银滩时见草原上蓝盈盈的马兰花而有感触的。从西边草原上野放的马兰花又想到已成为经典印象派艺术品的，梵高那声名远播的《鸢尾花》，遂觉得这山野之野，与艺术家笔下的野，都野得有灵性。遂有此文。

《宋桂》立于重庆合川钓鱼城，可惜，其韵味仅在每年的八月。桂子香的时间短，难为人知。宋桂已老，不炒作反倒好。其风骨钓鱼城知，嘉陵江知，煌煌青史知，这方水土知，头上的这片天知，这就足矣。

《武当山行》是与学界同仁游山时的产物。此山名胜，名

气大。早有机会去，一直未克成行。除有其他身外原因外，内心里则因诸多炒作，反生出些许反感，故未一览。没料到上山一看，印象颇好。那些炒作者，费尽移山心力，可惜，一脸粉打在后颈窝，大多不识其所炒之山之真面目。故而，方有此文。

《山狸杖》《剑川石螺髻》《芙蓉鸡》《卧佛寺青鱼》《悬空寺》等篇是到滇西一路考察时的感悟。高黎贡山，碧罗雪山，哈巴雪山，怒江峡谷，洱海苍山等等，皆风光绝佳之地，山居之民风俗独特。可谓所见所闻所品皆奇，多为寻常难经历之事，当记。时下照相摄影都多，但总觉多为记录，而非感受，其心声当以笔谈。对这些非寻常之景物，当说说自己的感受，而非千万只相机的复制。

人生短促，此一感悟在《春消息》中尤为强烈。一年一度的春光，草木具有灵性，能感知，能应时而发。何况人乎？

而《巨柏》《喇嘛岭寺》则是到林芝南迦巴瓦峰，雅鲁藏布江大峡谷一带所经历。藏地山水奇绝，民风、习俗、宗教等等皆奇绝。此两文，一在钟情自然，一在体悟人文，可谓天人共生，文野互补。既有大野之美掠，又有礼佛之圣拜。如此感悟，当别有一番情趣。

《樱语》本从庭中实感缘起。因之撩动梳理其源流之冲动。终从其物之源，再到文之流，尤其东入扶桑后，所形成的绚烂玉碎之畸形美艳之由来，有一提纲式爬梳。此对解读东邻之精神，当有裨益。

《道行，在书外》文短，而秦公韵长。此文若有助于领悟秦公之书法，继而，体悟其学问，人品，才情，以此文为引，能登秦公之门，值也。

《小乌金失联》是这一部分中最后一篇。之所以将其置于此章，其考虑在于，此鸟虽豢养，却是天生野物。虽养之，驯之有情，失联使人惝惝；但其天性尚自由，能回归山野当为得其所哉，亦是吾之祝愿。

二为当年下乡上山怀旧之作。尤其是离别大巴山四十八年后有幸再返玉带解家梁、高鼻寨。感触良多，故有《柏树坡》《映山红》《小白李》《一碗水》《风水树的命运》等写就，聊以抒回眸之情愫。这部分均非当年所作，而是下乡几十年后，因眼前所见，有感而就。下乡前后八年有余，在吾一生中时间不算太长，其意义却非常。那是年轻时的经历，记得牢，记得深，总忘不了，也总在发酵。所谓陈年老窖之酒都有酒底子，这是不是吾之人生老酒之酒底子呢？也许。

三为旅欧美时所感所书。《伯克利山行》是到旧金山伯克利时踏山所写，住在伯克利山中，朝夕与共，所写乃所见；《旋转的木马》是带小孙子上伯克利山所闻所感，可谓木马旋转的感悟，草就则在回国途中的航班上，倒时差倒出来的；而几次到旧金山的缪尔海滩，则催生了《红杉·海滩·铁炮》一文，红杉与铁炮本不在一处，并在一起谈，盖因缪尔前辈之故；《莱茵河渡》《无憾天鹅》乃瑞士见闻；《旋升的塔阶》《月照波伦亚》则是意大利感受。欧美，异域也，其文化历史皆为别样。不仅看稀奇，更应看点门道。透过稀奇看门道，这便是这几篇小文的初衷。尤其是深受基督教文明影响的现代大学的由来，去看看波伦亚大学，是相当必要的。从进大学始，到执教大学，就一直想去看看这"大学之母"，故看后感触良多，先写了长诗《月出波伦亚》，总觉意犹未尽，又才写《月照波伦亚》一文，此文粗略梳理了从波伦亚大学生发出的世界大学体系。也算是把多年想弄清楚的这一大学发展脉络问题，有一聊以自慰的概略回答。《旋升的塔阶》亦是还了多年夙愿。比萨斜塔名气大，小琴学物理更想去。辗转到比萨，登上此塔，而塔阶正是旋升而上的，其所闻所见，俱在此文中。一言以蔽之，值！巴塞尔的莱茵河那寺塔亦是伊拉斯谟等前贤盘桓栖息之地，那渡，即是心灵之渡。《无憾天鹅》乃日内瓦随笔，那天鹅与日内瓦湖一起留在了笔端。可让记忆咀嚼了。

如此者三，是从内容上大致粗分。若从笔者所感悟生发之时间上看，则最早从少年时上山下乡开始，持续到出国欧美。时间跨度达五十余年。而这五十余年，可谓是笔者一生足迹之缩影。

少不更事不谈。从独自下乡始，到近年访欧美止。文中所写，俱来自实地踏勘后的感悟。这些感悟，从少时之巴山缘起。那时，不仅山区闭塞，整个中国亦未开放，精神伴物质贫乏谓之时代病。但人却年轻，正长身，也正长心。值此精神物质均贫乏之际，偏下乡了，不让升学读书，且那时可读的书，也少。于是，读山，读林，读山中的一切。也好，这样的读，用足，用眼，用心。一来能静下来，二来能与山，与林，与山中的一切切切深谈。那感觉真好。且由此养成的习惯，终身受用。再忙，再躁，能静下来就好，这是能阅读，能思考的前提，所谓"谋定而后动"就是此理。而与物之深谈，其前提是察物，辨物，识物，而后方能析物，解物，喻物。此中之深意在于沟通物之形而下与学之形而上。唯此，方能学而化。继而，学而时习之。

山中养成的读山，读林，读山中之一切，可谓学之基质。以后，带学生到山野考察，便能顺势迁移。到海外能从稀奇中看点儿门道，也都得益于此。

书读多读少，关乎知识面多寡，这是时间量可补的；而能否静而思，继而，感而发，便取决于人之基质了，而这就需要养成了。时下太躁，炒作多，热闹多，作秀多，这一能静，能思，能读物，能贯通物之形而下与学之形而上者，尤少。难怪，孔夫子说"仁者乐山，智者乐水"，此顺序不能颠倒。

集子中这些小文，算是对此的一点体会吧。

丙申年九月初八于无名堂

跋